WC BOOK 2024

SAND

Rédaction : Pascal Petiot et Tetiana Petiot
Aide à la rédaction : Nadia Ivanova

Dépôt légal : 3e trimestre 2023 © Sand, 2023
ISBN : 978-2-7107-8972-7
Imprimé en France par CPI en juillet 2023.

Certifié PEFC
Ce produit est issu de forêts gérées durablement et de sources contrôlées.
PEFC 10-31-3068
pefc-france.org

WC BOOK

D'après une idée originale de Pascal PETIOT

Responsable éditorial :
Pascal PETIOT

Illustrations originales : Ah !
Couverture : Ah !
Pictogrammes : Ah ! et Sabine Nourrit

WC BOOK
2024

Quelqu'un sonne chez Julien, qui s'empresse d'ouvrir la porte d'entrée :

– Bonjour Monsieur. C'est pour quoi ?

– Eh bien... je viens accorder votre guitare.

– Mais je n'ai appelé personne.

– Je sais. Ce sont vos voisins qui m'ont appelé.

Le saviez-vous ?

Le top 5 des chansons les plus reprises de l'histoire

Certains airs se fredonnent plus volontiers que d'autres. Découvrez le classement des titres les plus repris de l'histoire de la musique, qui ont inspiré des dizaines d'artistes après la sortie de la version originale !

– « Yesterday » des Beatles. Une chanson culte sortie en 1965, qui serait la plus reprise de tous les temps d'après le *Livre Guinness des records*. (Au moins 3 000 fois !)

– « Georgia on My Mind » de Ray Charles. Le célèbre chanteur et pianiste aveugle a sorti ce titre en 1960. Il est devenu un symbole de la lutte contre la ségrégation aux États-Unis.

– « Comme d'habitude » de Claude François. Si ce refrain entêtant est extrêmement connu en France depuis 1967, n'oublions pas qu'il l'est aussi outre-Atlantique grâce à la reprise à succès de Frank Sinatra deux ans plus tard (« My Way »).

– « (I Can't Get) No Satisfaction » des Rolling Stones. Un air mythique popularisé par le groupe en 1965, et repris aussi bien par Jimi Hendrix que par Eddy Mitchell, Aretha Franklin, ou encore Britney Spears !

– « Blowin' in the Wind » de Bob Dylan. En 1962, à l'âge de seulement 20 ans, l'interprète fait sensation en s'inspirant d'un chant traditionnellement entonné par les esclaves noirs. Un tube qui sera beaucoup repris par les artistes folk.

QUIZ

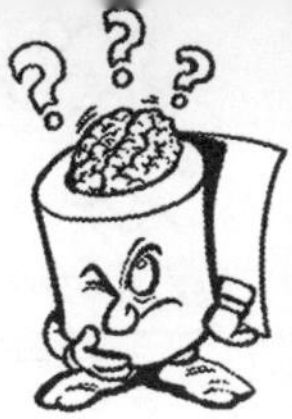

Comment se nomme le célèbre livre écrit par le marchand vénitien Marco Polo ?

a. *Mon Voyage en Asie*
b. *Le Livre des merveilles*
c. *La Route de la soie*
d. *La Route des merveilles*

Solution : b. *Le Livre des merveilles*

Humour

Germain a 90 ans. Depuis qu'il est à la retraite, il joue au golf chaque jour. Une vraie passion depuis 27 ans ! Un jour, il rentre chez lui, complètement découragé.

Il dit à sa femme Lucie :
– C'est fini ! J'abandonne le golf !
– Mais pourquoi Germain ?
– Ma vue est devenue trop mauvaise après avoir frappé la balle. Je ne peux plus voir où elle va.

Pour le rassurer, Lucie lui répond :
– Pourquoi n'amènes-tu pas mon frère avec toi ? Essaie une dernière fois !
– Ton frère a 103 ans ! Il ne peut pas m'aider.
– Il a peut-être 103 ans, mais il a une vision parfaite !

Alors, le lendemain, Germain se rend sur le terrain de golf avec son beau-frère.

Il place sa balle sur le tee, s'élance, frappe, puis cherche la balle au loin. Il se tourne vers son beau-frère :
– As-tu vu où est allée ma balle ?
– Bien sûr que je l'ai vue ! Ma vision est parfaite !
– Excellent ! Où est donc la balle ?
– M'en rappelle plus…

JEUX

SUDOKU

FACILE

	2					6	3	
7					3	9	2	
		9			2			4
6		7		1		2		3
	4		3		6		7	
8		2		9		5		6
2			8			1		
	7	4	1					2
	5	8					6	

Solution page 611

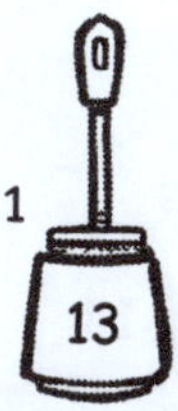

QUI EST L'INTRUS ?

PABLO PICASSO

CLAUDE MONET

PAUL CÉZANNE

VINCENT VAN GOGH

LÉONARD DE VINCI

ÉDOUARD MANET

AUGUSTE RENOIR

PAUL GAUGUIN

GUSTAV KLIMT

Solution : Léonard de Vinci, c'est le seul artiste d'une autre époque.

Ne soyez pas en colère contre les paresseux.

Ils n'ont rien fait.

JEUX

MOTS CROISÉS

HORIZONTALEMENT

1. Étudiée
2. Rigoleraient
3. Refuges – Cérium
4. Rester la bouche grande ouverte – Adjectif possessif
5. Iridium – Chamois des Pyrénées
6. Pronom adverbial – Langage de programmation impérative, anciennement nommé Nimrod
7. Entamèrent un bloc de pierre pour le diviser
8. Crochets en forme de S

VERTICALEMENT

I. Femelle qui se nourrit de crabes
II. Stagner
III. Se promena sans but – Darmstadtium
IV. Fréquentée
V. En deçà – État inflammatoire généralisé
VI. Hélium – Titre donné à une femme mariée
VII. Ancienne forme de « encore » dans la poésie – Néodyme
VIII. Écouta

	I	II	III	IV	V	VI	VII	VIII
1								
2								
3						■		
4					■			
5			■					
6			■				■	
7								
8						■		■

Solution page 616

Célia à son flirt du jour,
Romain :
– Je suis comme
l'huile d'olive.
– Grasse ?
– Non ! Vierge, connard !

CARRÉ MAGIQUE

FACILE

Obtenez la somme de **18** sur toutes les lignes horizontales et verticales !

		10
9		
7	8	

Solution page 601

Quel est le comble pour un pilote d'avion ?

Solution : Avoir la tête dans les nuages !

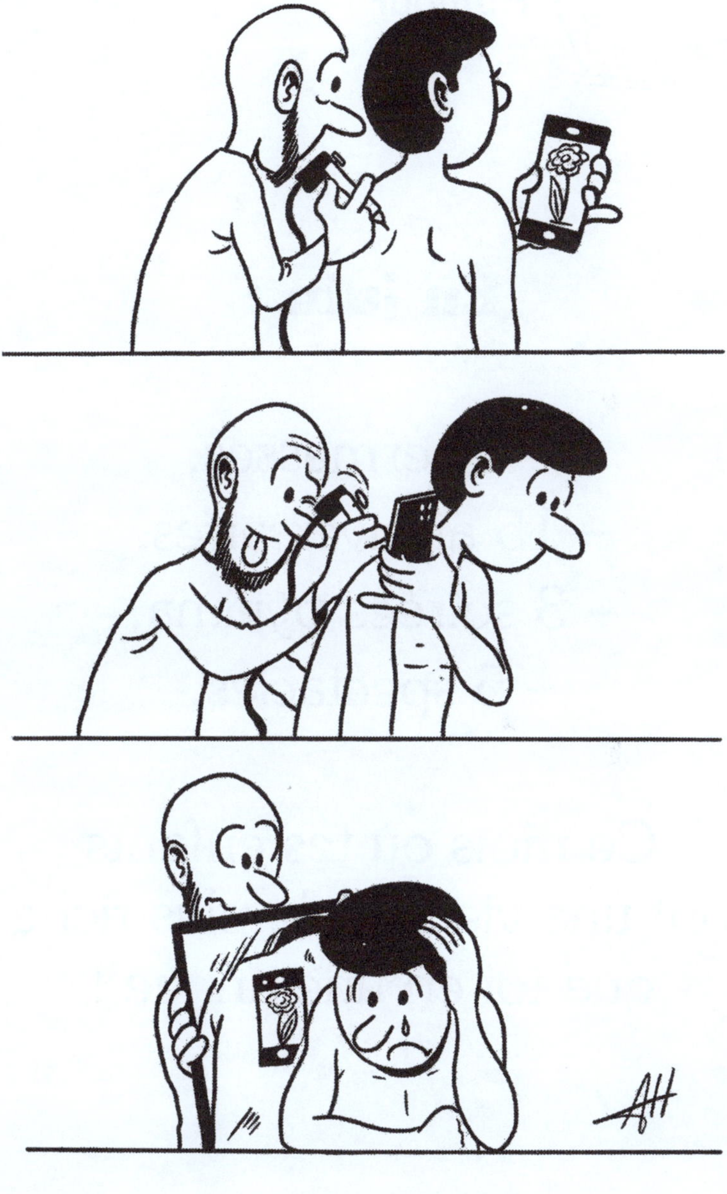

En juin :

– 4 kermesses,
– 15 anniversaires,
– 3 soirées pyjama,
– 5 spectacles.

Ce mois où tes enfants ont une vie sociale plus riche que toi en une année !

70 mètres carrés :
ce serait la taille
de votre maison si la
surface de la Terre était
divisée par son nombre
d'habitants.

MOTS MÊLÉS

Danseurs connus

Saurez-vous retrouver chacun des mots cachés dans ce tableau ?

Les mots peuvent être écrits horizontalement, verticalement, en diagonale ou à l'envers.

Mots à trouver :

1) AILEY
2) ALONSO
3) BABILEE
4) BAUSCH
5) BEJART
6) BELARDI
7) CHARMATZ
8) DUPOND
9) FONTEYN
10) GRAHAM
11) GUILLEM
12) LEGRIS
13) MILLEPIED
14) NIJINSKI
15) NOUREEV
16) PETIT
17) PIETRAGALLA
18) SIMKIN
19) SMIRNOVA

JEUX

G	D	U	P	O	N	D	C	N	N	A	J	E	Z	S	I	C	B	I	F
L	D	Z	L	Y	B	J	I	I	Ç	P	Y	H	Y	X	M	G	C	J	A
W	K	Q	V	W	D	B	Q	J	A	R	K	N	C	N	X	B	I	H	Q
S	W	W	F	A	Z	A	U	J	L	T	D	H	T	R	A	J	E	B	U
P	Ç	H	P	K	P	B	D	Y	R	A	A	R	W	N	I	K	M	I	S
P	I	V	X	B	E	I	Y	D	S	R	H	E	X	T	H	J	X	Ç	G
O	D	E	I	P	E	L	L	I	M	M	B	C	B	M	Z	G	F	M	B
G	V	E	D	A	L	E	X	A	Y	P	I	C	S	W	A	X	T	C	N
U	O	G	R	E	V	E	T	B	C	I	D	R	A	U	T	H	V	G	J
I	R	V	A	B	O	Z	P	H	L	K	P	D	N	I	A	C	A	O	T
L	X	P	L	Q	T	I	T	E	P	S	L	C	X	O	B	B	P	R	E
L	G	L	E	N	U	E	F	T	W	N	N	A	V	G	V	M	A	W	G
E	C	F	B	O	F	E	K	K	P	I	E	T	R	A	G	A	L	L	A
M	U	Ç	X	D	O	X	F	A	N	J	H	X	Z	E	F	D	O	I	O
V	E	Q	O	K	N	S	I	Q	U	I	K	D	D	M	J	F	N	A	V
C	Ç	Z	G	U	T	L	C	V	Z	N	Y	X	Y	C	L	U	S	Ç	K
D	M	Q	C	F	E	B	N	O	U	R	E	E	V	E	E	Ç	O	D	V
L	Ç	W	I	Y	Y	X	M	J	S	I	R	G	E	L	N	Z	W	D	P
F	Y	Q	R	O	N	P	D	R	U	Y	M	S	V	K	R	D	A	P	X
Ç	X	F	C	O	U	R	N	S	F	V	R	Q	O	C	C	V	N	H	T

Solution page 606

Albert, 82 ans, dîne avec sa femme Germaine, 80 ans, et en a gros sur le cœur :

– Germaine, franchement, ça fait 60 ans que tu n'arrêtes pas de me donner tort à chaque fois que je dis quelque chose.

– 61 ans.

Votre langue est unique.

Vrai.
On parle même d'empreinte de langue, sur le modèle des empreintes digitales ! Une particularité propre à chaque individu, qui n'a pas encore été exploitée par le domaine de la biométrie.

Julie promène ses deux gros chiens à Courchevel. Le petit Mario, 10 ans, s'approche pour admirer ces chiens de montagne. Julie lui demande :

– Tu veux caresser mes deux Saint-Bernard ?

– Oh oui Madame ! Mais je m'appelle pas Bernard. Moi, c'est Mario.

Quel est l'aliment incontournable des soirées ?

Facile : les chips. Impossible d'aller à une fête sans plonger sa main dans un paquet regorgeant de ces apéritifs croustillants. Si vous raffolez des chips, sachez que vous n'êtes pas le seul : un Français en consommerait en moyenne 1,2 kg par an.
Sachant qu'un petit paquet en contient seulement 25 g, facile d'imaginer que certains consommateurs dépassent largement ce quota. En même temps, comment résister à leur belle couleur dorée, leur craquant, et leur cocktail de sel et d'huile (certes, très calorique)…

Mais au fait, c'est quoi le sens des départs et celui des retours ?

Tous les ans, c'est pareil : sur la route de la plage ou des stations de ski, vous râlez dans les bouchons… et votre compagne ou compagnon vous reproche de ne pas avoir regardé les prévisions de circulation *Bison Futé*. Toutefois, il faut bien reconnaître que ces dernières prêtent parfois à confusion. Comment savoir avec certitude si l'on est dans le sens des départs ou des retours ?

Face aux nombreux automobilistes en proie au doute, *Bison Futé* a décidé de donner une explication officielle : « Le sens départ correspond au trajet depuis Paris vers les métropoles régionales, et des métropoles vers les côtes en été ou les stations de ski en hiver. Le sens retour correspond au trajet depuis les côtes ou les stations de ski vers les métropoles régionales, et des métropoles régionales vers Paris. »

Le calcul peut se corser si vous traversez tout le pays en changeant plusieurs fois d'autoroute, mais cela devrait déjà vous aider !

Ce matin,
j'ai appris que ma
femme m'avait quitté
la semaine dernière...
Soi-disant parce que
je ne faisais plus
attention à elle !

... « ON N'EST PAS AUX PIÈCES ! »

Vous avez sûrement déjà entendu cette expression, qui signifie **« on n'est pas pressé »**. Elle nous vient du mode de rémunération des ouvriers au XIXe siècle, qui étaient payés à la tâche effectuée, et non au temps passé dessus. Pour gagner sa vie en travaillant ***« aux pièces »***, il fallait donc être rapide et performant !

– Tu es célibataire ?

– Oui.

– Tu veux sortir avec moi ?

– J'ai dit célibataire, pas désespérée…

Quel est le comble pour une souris ?

Solution : Avoir un chat dans la gorge !

L'animal terrestre
le plus rapide du monde
n'est pas le guépard !

C'est le mec qui
s'aperçoit qu'il a laissé
son téléphone déverrouillé
sur la table...

SUDOKU

MOYEN

4						5		6
		9		6	3	2		
					4		9	
	5	1	6		8			
8				2				3
			7		9	6	8	
	6		9					
		2	3	7		4		
5		4						2

Solution page 611

– Sonia, quand je t'ai expliqué avant d'aller chez nos amis que le champagne se servait avec le pouce dans le cul, je parlais de la bouteille ! Là, tu m'as bien foutu la honte !

Moi, le matin je
sonne aux portes où
il y a des paillassons
« Bienvenue ».
Eh bien, sachez que les
gens vous mentent.

« Eye of the Tiger » : genèse d'un titre mythique

Dès la première note de la chanson, vous ressentez une furieuse envie de boxer en rythme l'air devant vous. Pas de doute, « Eye of the Tiger », enregistrée en 1982 par le groupe Survivors, est un hymne à la persévérance et à la victoire. Mais elle aurait pu ne jamais voir le jour…

Remontons au début des années 80. Sylvester Stallone cherche LA bande son originale qui fera le succès de son nouveau film, *Rocky III : L'Œil du Tigre*. Il mise tout sur la chanson « Another One Bites The Dust" »… mais le groupe Queen refuse de lui céder les droits.

Le célèbre acteur et réalisateur fait alors appel au groupe américain Survivors pour créer une bande son originale digne de ce nom. Cependant, les membres de la formation, qui n'ont accès qu'au visionnage des premières minutes du film, manquent d'inspiration. C'est en visionnant le long-métrage dans son intégralité et en entendant un personnage parler de « l'œil du tigre » qui anime chaque boxeur, que les membres du groupe ont la révélation.
Les paroles du titre « Eye of the Tiger » sont nées, idéales pour accompagner le rythme énergique de la musique qui rappelle les coups de poing d'un boxeur.
La chanson deviendra un énorme succès dans le monde entier, peut-être même encore plus appréciée que le film !

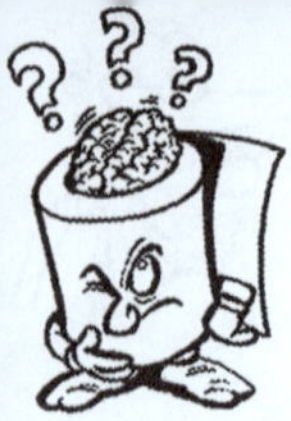

QUIZ

Quel est le vrai nom de Vitaa ?

a. Charlotte
b. Nathalie
c. Léonie
d. Béatrice

Solution : a. Charlotte

Germaine et Roger, un couple de 80 ans se met au lit.
Roger se retourne vers sa femme :
– Germaine, il faut que je te dise... nous sommes menacés !
– Ah bon ? Mais pourquoi tu dis ça ?
– J'ai trouvé une boîte avec des balles et une lettre écrite en arabe...
– Ce sont des suppositoires imbécile ! Et la lettre, c'est l'ordonnance du médecin...

10 % :

c'est la proportion de formes de médecine jugées trompeuses d'après l'Organisation mondiale de la santé (OMS).

Pas très rassurant !

MÉDICAMENTS :
BIEN LIRE LES EFFETS INDÉSIRABLES

La jeune Julie, 18 ans, danse avec Romain, un jeune homme très entreprenant.
Il l'enlace de plus en plus fort.
Tout à coup, Julie s'exclame :
– Mais calme toi !!!
Romain lui répond :
– Mais je n'y peux rien ! C'est l'appel de l'amour !
Julie est interloquée :
– Je ne sais pas si c'est « la pelle », mais le manche devient gênant !

Monsieur Dupont a 7 enfants. La moitié sont des filles.

Comment cela se fait-il ?

Solution : L'autre moitié sont aussi des filles.

LABYRINTHE

FACILE

Moi :
– Laisse-moi dormir !

Mon cerveau :
– HAHA, non. Restons éveillés et souvenons-nous de chaque décision stupide que tu as prise dans ta vie.

Moi :
– D'accord.

Les fromages qui puent, une passion française

Plus le fromage sent fort, plus il promet de délicieux moments gustatifs. Si vous vous reconnaissez dans cette affirmation, vous êtes probablement français. En effet, d'après une étude scientifique très sérieuse, parue en Grande-Bretagne en 2004, les 10 fromages qui sentent le plus fort au monde portent haut les couleurs bleu-blanc-rouge. Voici le classement :

- Le Vieux Boulogne (Pas-de-Calais),
- Le Pont-l'Évêque (Normandie),
- Le camembert (Normandie),
- Le munster (Est de la France),
- Le brie de Meaux (Seine-et-Marne),
- Le roquefort (Midi-Pyrénées),
- Le reblochon (Savoie),
- Le livarot (Normandie),
- Le banon (Provence),
- L'époisses (Bourgogne).

Mention spéciale pour les fromages bien affinés, qui commencent à répandre leur doux fumet au bout de quelques semaines...

CARRÉ MAGIQUE

MOYEN

Obtenez la somme de 111 sur toutes les lignes horizontales et verticales !

	6	7		24	25
31		3	22	26	
9	1	32		19	
	28		18	10	14
4	35		13	17	12
2		34	11		16

Solution page 603

Le saviez-vous ?

En vacances à l'hôtel, ne vous faites pas avoir par cette affiche :

« Nous ne sommes pas responsables du vol éventuel de vos objets personnels. » Voilà un message qui doit vous paraître familier, car il est placardé par de nombreux hôteliers dans leur hall d'accueil. Pourtant, cette affirmation n'a aucune valeur juridique.

D'après l'article 1952 du code civil, « les aubergistes ou hôteliers répondent, comme dépositaires, des vêtements, bagages et objets divers apportés dans leur établissement par le voyageur qui loge chez eux ». L'article 1953 complète : « Ils sont responsables du vol ou du dommage de ces effets, soit que le vol ait été commis ou que le dommage ait été causé par leurs préposés, ou par des tiers allant et venant dans l'hôtel ».

Vous l'aurez compris, et le site web Service-public.fr le confirme, l'hôtelier est tenu de vous dédommager financièrement si vous vous faites voler quoi que ce soit dans votre chambre. Le montant peut grimper jusqu'à 100 fois le prix de la chambre, voire plus si la responsabilité de l'hôtelier est avérée.

Même chose pour le vol d'objets dans votre voiture garée sur le parking privé de l'hôtel. Dans ce cas, vous êtes en droit de réclamer un remboursement allant jusqu'à 50 fois le prix de la chambre.

En espérant tout de même que vous n'aurez jamais besoin de vous servir de ces informations !

Les dingueries de notre corps

905 : c'est le nombre de litres d'air que nous respirons chaque heure.

2 200 : c'est le nombre de têtes d'allumettes que l'on pourrait fabriquer avec tout le phosphore contenu dans notre corps.

950 : c'est la distance en kilomètres qu'atteindraient nos cheveux si nous mesurions leur pousse tout au long de notre vie.

– Je te quitte !

– C'est bien.

– Tu ne trouveras jamais une fille comme moi !

– C'est très bien.

– Je vais aux toilettes.
– Et tu reviens après ?
– Bah non. S'il y a de l'ambiance, je reste !

Peut-on trop gâter ses enfants à Noël ?

« Moi, quand j'étais gamin, on me donnait une orange à Noël ! Et j'étais très content. » Voilà le genre de phrase que vous avez sûrement déjà entendu de la part de vos parents/grands-parents/arrière-grands-parents.

Les choses ont bien changé : en 2017, le porte-parole de l'enseigne JouéClub révélait que les enfants reçoivent en moyenne 8 paquets cadeaux au pied du sapin. Et on se doute qu'ils ne contiennent pas d'agrumes…

« Vous savez, ça va très vite, il y a 2 parents, 4 grands-parents, des oncles et des tantes, donc on arrive facilement à 7-8 cadeaux, avait-il déclaré. Pour nous, commerçants, c'est très bien ! »

Ok pour le chiffre d'affaires des magasins, mais pour les enfants, est-ce une bonne chose de recevoir tant de cadeaux ? En réalité, il n'y a pas de règle absolue : tout dépend de la pédagogie appliquée par les parents. Le plus important est de respecter une stricte égalité entre les enfants de la fratrie et de commencer à évoquer la notion d'argent à partir de 7 ou 8 ans. Votre rejeton doit progressivement comprendre que plus un cadeau coûte cher, moins il aura de présents au pied du sapin.

À moins que vous ne désiriez que votre enfant se transforme en monstre pourri gâté, comme Dudley Dursley dans la saga *Harry Potter* (référence qui parlera aux « Potter addicts ») !

PLUTÔT LA PRISON QUE LA CORVÉE DES CADEAUX DE NOËL

Certaines personnes raffolent du mois de décembre : décorer la maison, admirer les vitrines éclairées, prévoir le repas du réveillon… Pour d'autres, cela s'apparente presque à de la torture. C'est le cas de cet Américain, qui était prêt à tout pour éviter d'acheter des cadeaux aux nombreux membres de sa famille. D'après le *Chicago Tribune* du 23 décembre 1933, un homme dénommé F. J. Bishop s'est rendu au commissariat la veille du réveillon de Noël et a demandé à être emprisonné pendant 10 jours pour cause d'ivresse. Intriguées par cette requête insolite, les forces de l'ordre ont insisté pour connaître la réelle motivation de son acte. L'individu a alors avoué une fois derrière les barreaux, qu'ainsi il n'aurait pas besoin de se lancer dans la course aux cadeaux ! Une solution… un peu extrême.

Quelle superficie pour stocker tout l'or du monde ?

Vous imaginez déjà un immense bâtiment fortifié, entouré de murailles vertigineuses… Pas du tout. D'après un cabinet de conseil en métaux précieux, la production mondiale d'or depuis les débuts de l'humanité représente 163 000 tonnes. Étant donné que l'or possède une masse volumique de 19 300 kg/m^3, si tout cet or était fondu pour en faire un cube, son côté ne dépasserait pas… 21 mètres !
Ce chiffre peut sembler incroyable, d'ailleurs tous les experts ne s'accordent pas sur ce point. Des voix s'élèvent pour contester la quantité d'or produite dans l'histoire, soulignant qu'elle était négligeable avant le Moyen Âge, quand les techniques de minage n'étaient pas encore avancées. Mais d'autres pensent le contraire, comme le président du Gold Standard Institute, qui évalue le stock d'or mondial « entre 1,2 et 2,5 millions de tonnes ». Dans ce cas, il tiendrait dans un cube dont les côtés feraient 50 mètres. C'est déjà pas mal…

Qu'est-ce qui t'empêche d'être toi-même ?

Le savoir-vivre et le code pénal.

C'est l'histoire d'un loup malvoyant qui traverse la route pour aller chez l'opticien… Une voiture arrive et p'Afflelou…

SUDOKU

DIFFICILE

	8		4		3			
9			8			4		
				2	7		9	
5	1					7		4
		4				6		
7		8					3	1
	7		1	5				
		2			4			8
			3		9		7	

Solution page 611

MOTS MÊLÉS

Dictateurs

Saurez-vous retrouver chacun des mots cachés dans ce tableau ?

Les mots peuvent être écrits horizontalement, verticalement, en diagonale ou à l'envers.

Mots à trouver :

1) BANZER
2) BATISTA
3) BOZIZE
4) CASTRO
5) CEAUSESCU
6) DOLLFUSS
7) EYADEMA
8) FRANCO
9) GARCIA
10) HABRE
11) HITLER
12) KADHAFI
13) KHAMENEI
14) MARCOS
15) MOUBARAK
16) MUSSOLINI
17) PAPADOPOULOS
18) PAVELIC
19) SMETONA
20) SOMOZA
21) STALINE
22) STROESSNER

JEUX

I	X	G	S	Ç	V	K	Ç	O	A	Y	N	Ç	J	C	Ç	N	D	P	O
R	B	S	N	D	H	S	X	A	J	I	N	J	W	Y	Z	K	T	A	A
H	X	Q	L	V	G	X	X	N	C	F	F	Z	K	D	U	L	D	R	L
I	T	Y	J	I	M	L	K	O	E	W	T	A	Q	L	Ç	P	I	O	L
T	F	A	V	G	S	K	O	T	A	X	F	C	H	F	K	C	H	D	S
L	Ç	M	I	X	X	H	E	E	U	T	I	U	K	D	K	X	A	H	G
E	R	E	V	L	Z	O	N	M	S	L	H	F	D	H	A	B	B	S	F
R	E	D	M	G	T	F	I	S	E	Q	W	N	A	M	F	K	R	A	K
L	Z	A	Q	L	J	X	L	V	S	G	T	M	X	Q	A	J	E	C	Y
T	N	Y	Q	O	S	J	A	J	C	I	E	L	M	R	E	O	C	H	A
I	A	E	G	N	O	P	T	H	U	N	F	R	A	N	C	O	U	G	Q
E	B	V	N	D	M	C	S	T	E	I	L	B	R	F	T	D	A	W	L
S	W	A	Ç	E	O	W	C	I	P	L	U	U	C	O	J	R	J	E	F
S	P	O	E	Z	Z	K	E	O	V	O	Z	N	O	S	C	I	O	G	A
U	P	F	K	W	A	I	Ç	B	M	S	Z	U	S	I	V	X	R	O	E
F	V	U	Q	G	F	Y	Z	J	F	S	M	B	A	T	I	S	T	A	P
L	J	H	C	A	F	J	F	O	S	U	M	Z	A	E	S	L	S	A	X
L	A	K	C	O	P	Ç	V	P	B	M	T	T	Ç	B	K	I	A	R	F
O	R	A	Y	Z	D	V	S	T	R	O	E	S	S	N	E	R	C	S	W
D	H	S	N	O	S	O	L	U	O	P	O	D	A	P	A	P	F	T	P

Solution page 606

Sur l'échelle de la motivation, je suis entre Jean-Luc Lahaye devant une fille majeure et un correcteur d'orthographe devant un tweet de Jul.

DESSOUS DE TABLE

Michel et Bernard, deux potes, discutent au café du coin :

– Je vais t'avouer, Michel, qu'hier soir, j'étais en train de faire l'amour avec elle, quand je lui ai dit : « Je t'aime ! »

– Ah oui ! Et elle a dit quoi ?

– Elle a dit un truc du genre : « Tu sais que tu dois quand même me payer ! »

On m'a dit de prendre la pilule pour ne plus avoir d'enfant.

Je l'ai prise hier soir, mais en me réveillant ce matin, ils étaient encore là…

2,7 % :

c'est le taux de participation historique obtenu en Jamaïque lors des élections législatives de 1983. L'opposition avait appelé au boycott... un pari visiblement réussi.

Charade

Mon **premier** est très **CONVOITÉ**,

Mon **second** se remplit **D'ŒUFS**,

Mon **troisième** est

AVANT L'HEURE,

Mon **quatrième** est une **MAISON**,

Mon **tout** est **L'ÉTUDE**

DES OISEAUX.

Solution : Ornithologie (Or-Nid-Tôt-Logie)

Si jamais je gagne
à l'EuroMillions, soyez
assurés que personne
autour de moi ne
sera pauvre...
Je déménagerai direct
dans un quartier riche !

Que signifie le nom de votre canapé ou de votre poubelle de salle de bain ?

… Cette question vous a sûrement laissé perplexe. Pourtant, avec 52 millions de visiteurs français comptabilisés chaque année dans les magasins Ikea, il y a fort à parier que vous en faites partie ! À vous les joies du marathon pour arpenter le labyrinthe des allées, de la vis qui reste en trop après avoir monté le meuble (coucou Gad Elmaleh), et des noms imprononçables.

En effet, cela vous fera peut-être sourire de savoir que les noms des modèles Ikea ont été choisis pour être facilement mémorisables… par les Suédois, bien sûr. Les Français, eux, s'arrachent les cheveux à essayer de prononcer « trulstorp », « stjärnanis » ou encore « krakskär ».

Ces choix de mots ont néanmoins une réelle logique. En effet, les noms d'éléments de salle de bain se réfèrent à des lacs et des cours d'eau suédois. Les tables à manger et les canapés portent des noms de villes ou de lieux, tandis que les textiles (rideaux, coussins, etc.) sont nommés d'après des prénoms féminins courants en Scandinavie. Les éléments de mobilier de jardin tire leurs noms des nombreuses îles suédoises et les accessoires de cuisine font référence à des espèces de poissons et des champignons !

Quelques exemples ? La table « Utby » est un petit village suédois de moins 300 habitants. Quant à la poubelle de salle de bain « Toftan », celle-ci fait référence à un superbe lac, auprès duquel a vécu le peintre Carl Larsson.

D'ailleurs, une équipe est entièrement dédiée à la recherche de nouveaux noms : chaque année, ils doivent en trouver près de 3 000 !

JEUX

MOTS CROISÉS

HORIZONTALEMENT

1. Rêveuses
2. Plongeons arctiques au Canada
3. Le prénom de Winehouse – Lithium
4. Qui appartient à César
5. Pronom adverbial – Boulettes de viande
6. Blessa – Thallium
7. Âne sauvage
8. Peintre et sculpteur allemand – Arsenic

VERTICALEMENT

I. Plante de la famille des hydrophyllacées
II. Guêpe maçonne solitaire noire
III. Flûtes originaires d'Asie centrale – Perturbation de la matière
IV. Strontium – Relatif aux langues tano central
V. De même – Rhénium – Astate
VI. Vice versa – Arbre à fruits rouges
VII. Éduqua
VIII. Relatives à la colonne vertébrale

	I	II	III	IV	V	VI	VII	VIII
1								
2							■	
3				■	■	■		
4								
5			■					
6					■	■		
7		■						
8						■		

Solution page 616

– Décrivez votre relation amoureuse en deux mots.

– Ma quoi ?

ALEXANDRE SCRIABINE

ROMAN MACIEJEWSKI

DMITRI CHOSTAKOVITCH

IGOR STRAVINSKY

SERGE PROKOFIEV

SERGE RACHMANINOV

ARAM KHATCHATOURIAN

Solution : Roman Maciejewski est le seul compositeur polonais, tous les autres sont russes.

Il faut voter car
des gens sont morts
pour le vote !
Notamment ma tante,
renversée par une
Twingo sur le trajet du
bureau de vote.

Pourquoi les habitants de Monaco ne portent jamais de chapeaux ?

Parce qu'à Monaco, les chapeaux sont en principe ôtés !

J'ai adopté une chatte,
mais ma petite copine
est allergique.
Quelqu'un serait-il
intéressé pour la
récupérer ?
Elle cuisine bien
en plus !

QUIZ

Pourquoi Napoléon a perdu la bataille de Waterloo

a. Il s'est cassé la jambe
b. Il s'est cassé le bras
c. Il a eu une crise hémorroïdale
d. Il a perdu des informations importantes sur ses adversaires

Solution : c. Il a eu une crise hémorroïdale

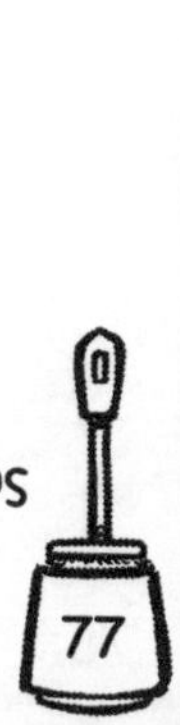

Monsieur et madame
Sonne ont deux fils.

Comment
s'appellent-ils ?

Réponse :
Pepito et Nicolas.

CARRÉ MAGIQUE

DIFFICILE

Obtenez la somme de 284 sur toutes les lignes horizontales et verticales !

	15	58	65	20	31	42	49
59	64	5	14		48		46
13	6	67		29		51	24
		60	7	34	25	44	39
18	57	12	55	50		28	
61	54	19	8		22	35	
11		53		43	32	37	30
52	63		17	36	47		33

Solution page 603

Le saviez-vous ?

Est-ce que je peux me montrer nu devant mes enfants ?

Une question délicate, tant elle est empreinte des tabous de l'inceste et du complexe d'Œdipe… Pourtant, de nombreux parents se posent cette question légitime au fur et à mesure que leur fils ou leur fille grandit.

Les psychanalystes sont d'accord pour affirmer qu'il n'y a pas de problème à être nu devant son enfant ou à prendre son bain avec lui tant qu'il est très jeune. Au-delà de 5 ans, attention, il faut déjà montrer plus de réserve. D'ailleurs, dès 6 ans, votre progéniture est capable de se savonner toute seule – sous supervision – dans le bain.

Dès 7 ans, l'enfant discerne bien quelles sont les zones intimes du corps et quelles sont les parties érogènes. Deux ans plus tard, à 9 ans, il peut commencer à manifester de la pudeur et refuser de se montrer nu.

Cet éveil de la pudeur peut aussi arriver un peu plus tard, vers l'âge de 11 ans. À ce moment-là, il est fortement déconseillé de se promener nu devant son enfant, comme lorsqu'il était un bambin. Cela peut occasionner une grande gêne chez son fils ou sa fille, même si vous êtes du même sexe.
Aidez votre enfant à s'affirmer dans son indépendance et dans les prémices de sa sensualité et de sa sexualité, en lui évitant toute ambivalence et toute promiscuité exagérée.

De toute façon, vous n'aurez pas le choix, car votre ado risque fort de fermer la porte à double tour !

Que font les cyberpoliciers ?

Des captures d'écran.

JEUX

SUDOKU

FACILE

2		9	5		6	7		
		5						9
3			2	9	1			
1	6				5		3	7
7			1		3			2
8	5		9				6	1
			7	5	4			6
5						8		
		6	8		9	3		5

Solution page 611

LABYRINTHE

MOYEN

Il y a deux trucs
que j'adore.

Faire les choses
à moitié.

ALORS, COMMENT TU LE TROUVES MON SEXE ?
PAR-FAIT !
C'EST GENTIL MA CHÉRIE !
LES GROSSES FONT MAL...

Le saviez-vous ?

Pourquoi meurt-on après s'être fait tirer dessus ?

A) À cause de l'hémorragie qui en découle.
B) À cause de l'onde de choc.
C) À cause de l'infection causée par la balle.

La réponse n'est pas si simple, n'est-ce pas ? Elle peut d'ailleurs impliquer ces trois facteurs. Cependant, si l'hémorragie et l'infection peuvent tout à fait être traitées par les moyens modernes, la médecine n'a toujours pas trouvé de solution au point B : l'onde de choc !

En effet, lorsque la balle traverse le corps, sa vitesse accentue considérablement son pouvoir de nuisance. Par exemple, lorsque vous jetez un caillou dans l'eau, plus vous le lancez de loin et plus il provoque d'ondes, n'est-ce pas ? C'est la même chose pour l'organisme humain, majoritairement composé de liquides. De plus, la balle vrille sur elle-même en pénétrant dans les chairs, ce qui lui donne une puissance accrue.

En résumé, la victime d'une fusillade mourra plus probablement de l'onde de choc causée par la balle dans son corps que des séquelles de ses plaies…

Si Barbie tue Rick... Ken tue qui ?

Les dingueries de notre corps

1 893 : c'est le nombre de litres de sang filtrés par jour grâce à nos reins.

97 000 : c'est la distance en kilomètres que mesurent nos vaisseaux sanguins.

10 000 : c'est le nombre d'odeurs que peut distinguer notre nez.

PEUT-ON JOUER AU BADMINTON EN ÉTANT ALCOOLISÉ SACHANT QU'ON NE PEUT PAS PRENDRE LE VOLANT ?

La minute people

- Le pilote de F1 argentin **Juan Manuel Fangio** peut se targuer d'avoir été sacré 5 fois champion du monde… alors qu'il n'avait même pas son permis de conduire ! La législation a toutefois changé depuis, rendant obligatoire la possession de ce petit bout de papier pour foncer sur le circuit.

- Le réalisateur de la saga *Paranormal Activity*, **Oren Peli**, est atteint de phasmophobie… soit la phobie des fantômes. Il a confié que tout ce qui touchait aux esprits le terrifiait lorsqu'il était enfant. Tourner ce film, devenu iconique, a donc été un moyen pour lui d'exorciser ses démons.

- Le groupe **Sepultura** est particulièrement connu pour sa chanson « Refuse/Resist », sortie en 1993. D'où viennent les battements de cœur que l'on peut entendre au tout début du titre ? Ce sont ceux de Zion, le fils du chanteur Max Cavalera, qui ont été enregistrés avant sa naissance lors d'une échographie.

J’ai beaucoup appris des erreurs que les gens ont fait en écoutant mes conseils.

Vrai ou faux ?

On peut boire l'eau de pluie.

Faux.
L'eau tombée du ciel, et non traitée, ne peut désormais plus être considérée comme potable. En effet, d'après une étude suédoise, quel que soit l'endroit de la Terre où vous vous trouvez, elle contient des « produits chimiques éternels ». Ces substances perfluoroalkylées et polyfluoroalkylées (PFAS) peuvent causer de graves maladies, telles que des cancers ou de l'infertilité.

Je me suis endormi sur mon clavier. Ça a écrit « wynifzcyzhjkhizjacy ».

Un Polonais m'a répondu : « Je partage ton point de vue. »

Après l'examen de la prostate de Robert, le nouveau docteur sort.

Dix secondes après entre l'infirmière et, en fermant la porte, murmure à l'oreille de Robert les trois mots qu'aucun homme ne voudrait entendre :

– C'était qui lui ?

– Chut.

– Chuuut.

– Chuuuuuuuut.

– Chuuuuuuuuuuuuuuuuuuuuut.

– Chuuuuuuuuuuuuuuuuuuuuuu
uuuuuuuuut.

Deux bibliothécaires qui s'embrouillent.

Ils sont allergiques à la poussière de Lune

Nez qui coule, yeux qui piquent, gorge qui gratte : pas de doute, c'est la faute à ces satanés pollens… ou bien à la poussière de Lune. Oui, vous avez bien lu ! D'après une étude menée par des scientifiques de l'université de Californie, tous les astronautes ayant posé le pied sur la Lune en sont revenus avec un rhume très embêtant.

En effet, des particules émanant du sol de l'astre lunaire se sont accrochées à leur combinaison, les suivant lors de leur retour sur Terre. Les aventuriers de l'espace ont alors subi les symptômes habituels d'une rhinite allergique pendant plusieurs jours. L'élément mis en cause serait le silicate, une particule minérale que l'on retrouve notamment près des volcans en activité. Les chercheurs prennent au sérieux cette réaction néfaste de l'organisme humain à la poussière de Lune, car cette dernière pourrait poser des problèmes respiratoires plus graves et même endommager les combinaisons des astronautes.

C'est certain, nous ne sommes pas près d'habiter sur la Lune…

Le réchauffement
climatique n'a pas l'air
de vous préoccuper.
Mais vous ferez moins
les malins quand Jul,
M. Pokora et Aya Nakamura
sortiront des tubes de l'été
toute l'année !

MOTS MÊLÉS

Footballeurs de France

Saurez-vous retrouver chacun des mots cachés dans ce tableau ?

Les mots peuvent être écrits horizontalement, verticalement, en diagonale ou à l'envers.

Mots à trouver :

1) AREOLA
2) BENZEMA
3) CANTONA
4) COMAN
5) DEMBELE
6) GIROUD
7) GRIEZMANN
8) HENRY
9) HERNANDEZ
10) KANTE
11) KOPA
12) LEMAR
13) LENGLET
14) LLORIS
15) MBAPPE
16) PLATINI
17) POGBA
18) RABIOT
19) THURAM
20) VARANE
21) ZIDANE

D	U	O	R	I	G	P	S	Q	O	H	H	M	E	E	A	W	H	J	N
R	V	D	E	A	C	R	C	J	E	X	J	N	K	N	R	Q	H	K	N
F	X	M	C	V	M	I	M	J	Q	T	Y	Z	X	P	E	Ç	Y	I	S
I	B	Q	G	M	C	E	Y	B	F	V	O	F	E	J	O	I	O	M	C
P	I	Y	T	A	X	B	Z	Q	A	Q	T	K	Ç	O	L	G	S	N	A
Y	L	Z	A	I	F	T	G	N	F	P	I	P	G	M	A	R	B	X	Z
V	S	A	X	N	R	Z	O	K	E	S	P	T	B	V	A	V	B	A	N
Z	Q	N	T	E	L	G	N	E	L	B	H	E	R	B	G	E	V	S	W
A	F	O	A	I	Y	A	W	M	G	U	X	J	I	Ç	N	D	X	X	V
E	G	T	Ç	Q	N	S	P	E	Y	V	E	O	I	A	G	H	H	H	T
Ç	M	N	J	S	S	I	Z	U	T	N	T	D	D	V	O	O	F	Z	F
A	A	A	R	I	H	J	B	U	A	C	M	I	T	H	P	W	D	O	Ç
Q	R	C	F	V	V	N	Ç	R	W	L	Z	S	E	D	B	O	F	D	M
B	U	W	W	W	A	M	A	B	B	D	C	R	C	H	C	Y	E	S	Y
M	H	F	C	M	F	V	H	K	S	G	N	J	G	W	W	M	X	I	F
W	T	Y	O	V	H	K	D	E	A	A	Y	Ç	Z	T	B	G	U	R	Q
P	G	C	S	B	Y	X	B	W	N	N	A	M	Z	E	I	R	G	O	D
U	Y	A	T	U	H	R	J	D	E	R	T	O	L	F	T	R	S	L	Y
N	X	M	Q	W	H	Ç	E	A	L	R	Y	E	W	Q	G	T	E	L	P
P	I	W	M	I	B	Z	U	L	E	M	A	R	W	W	K	O	P	A	I

Solution page 607

Quelle est la particularité de ce texte ?

« Au bal costumé, des enfants facétieux gambadaient, hilares, infatigables. Joyaux kaléidoscopiques, lampions multicolores, nous offraient partout quelque resplendissant spectacle. Titubant, un vénérable wagonnier xanthoderme y zigzaguait. Yogis xénophiles, wattmen vaniteux, unis temporairement, sirotaient, rêveurs. Quand, promeneurs obscurs, nous musardions, la kermesse joyeuse immortalisait héros grecs, farfadets et danseurs chinois bizarrement accoutrés. »

Solution : Dans ce texte de Jacques Pépin, les initiales des mots suivent l'ordre alphabétique, de A à Z, puis à l'envers, de Z à A.

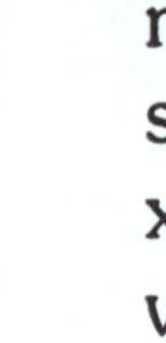

Les guérisseurs du Moyen Âge préconisaient de sentir l'odeur des pets comme remède pour guérir… de la peste bubonique. Les malades étaient censés inhaler l'odeur d'un pet mis en bocal pendant plusieurs jours. Une idée aussi dégoûtante qu'inefficace !

Annonce.
Cherche homme :
– Gentil,
– Responsable,
– Organisé,
– Stable,
– Poli,
– Efficace,
– Naturel,
– Instruit,
– Sensible.

Si pas disponible,
juste les initiales.

Les dingueries de notre corps

6 : c'est le nombre d'heures que met notre organisme à éliminer un verre d'alcool, ce qui peut être détecté par une prise de sang. Pire : on retrouve encore des traces d'alcool dans nos fibres capillaires jusqu'à **3** mois après l'ingestion !

30 : c'est le nombre de secondes qui s'écoulent entre deux battements de paupières d'un nouveau-né. C'est bien moins qu'un adulte, qui cligne des yeux en moyenne toutes les **15** à **20** secondes.

25 000 : c'est le nombre de cellules de votre corps qui sont mortes et ont été remplacées… le temps que vous lisiez cette phrase !

Hélène, 57 ans va voir
son chirurgien esthétique :
– Docteur, que pouvez-vous
faire afin que je ressemble
à Monica Bellucci ?
– Lui casser la gueule.

SUDOKU

MOYEN

6		3				2	5	
			7		2		6	
				8		3		9
		6		9		7	4	2
4								3
3	8	9		7		5		
5		1		4				
	6		5		1			
	4	2				1		5

Solution page 611

– Maman !
Je suis enceinte…
– …
– Poisson d'avril !
– Je le savais !
– Mais comment
le savais-tu ?
– Une mère sait tout
Kévin…

C'EST QUOI TON FANTASME ?
FAIRE L'AMOUR À PLUSIEURS...
TU DEVRAIS COMMENCER PAR TROUVER UNE FEMME !
C'EST CE QUE JE VIENS DE DIRE ...

UN « BISCUIT » ET UN « BALLON DE FOOT » PEUVENT DÉCLENCHER UNE GUERRE NUCLÉAIRE

… Ou tout du moins les noms de code d'une mallette et d'une carte bien particulières. En effet, à n'importe quel moment et à n'importe quel endroit du monde, le président des États-Unis ne se sépare pas de ces deux artefacts. Derrière le nom de « ballon de foot » se cache en réalité une mallette en cuir noir, pesant près de 20 kg, qui renferme un dispositif permettant d'activer la bombe nucléaire. Quant au « biscuit », il s'agit d'une petite carte top secrète : les « gold codes » (ou « codes dorés ») du président sont écrits dessus.

Pourquoi ces drôles de noms ? Il semblerait que la carte « biscuit » possède un revêtement semblable à l'emballage d'un gâteau. Quant au « ballon de foot », il fait référence au tout premier nom de code employé pour un exercice d'alerte : « dropkick » (geste technique de football américain).

Armé de ces deux objets, le chef d'État américain peut déclencher l'apocalypse en seulement 5 à 15 minutes ! Encore plus impressionnant : si un missile nucléaire se dirige tout droit vers les États-Unis, le président dispose uniquement d'une minute pour prendre sa décision. Un laps de temps très court pour sceller le destin d'une partie de l'humanité…

CARRÉ MAGIQUE

FACILE

Obtenez la somme de 34 sur toutes les lignes horizontales et verticales !

1		4	15
12	7		
		16	3
	11	5	

Solution page 603

Top 10 des parfums les plus aphrodisiaques

« *Portez du parfum partout où vous voulez être embrassée* », affirmait la couturière iconique Coco Chanel. Certes... mais quel parfum adopter pour optimiser ses chances de plaire ? Le site web de parfumerie OnBuy.com s'est appuyé sur des études scientifiques, ainsi que sur les notes attribuées par les internautes aux flacons les plus vendus dans le monde, pour établir un palmarès. Si vous êtes du genre à ne pas pouvoir vous rendre à un rendez-vous sans vous être vaporisée de quelques « pschitt » de parfum, ce top 10 devrait vous intéresser...

1. La citrouille
On commence avec une fragrance qui va vous étonner. D'après la Chicago Smell and Taste Treatment and Research Foundation, *« l'odeur la plus efficace pour exciter les hommes est celle de la citrouille ».* En effet, elle plairait avec ses notes sucrées et réconfortantes, et pourrait même augmenter le flux sanguin de 40 % en étant associée à la lavande !

2. La cannelle
Cette épice est la plus ancienne connue au monde et fait immédiatement penser à des contrées exotiques : Madagascar, Sri Lanka, Seychelles... Mystérieuse et envoûtante, elle ne laisse pas indifférent.

3. Le champaca
Le champaca est une fleur sacrée indienne, cousine du magnolia. Son histoire a donné lieu à de multiples légendes, ce qui lui donne certainement cette aura secrète. Elle est très appréciée de l'industrie du parfum de luxe.

4. La vanille
Obtenue à partir des gousses du vanillier aux Caraïbes, en Indonésie ou à Madagascar, la vanille possède des notes très douces et onctueuses, qui ramènent irrésistiblement en enfance. C'est un parfum apprécié par la majorité des femmes et des hommes.

Le saviez-vous ?

5. La lavande
Surnommée l'« or bleu », la lavande évoque irrémédiablement les champs de Provence baignés par le soleil. Son odeur très caractéristique donne à vos baisers un goût d'été dans l'arrière-pays, qui n'est pas déplaisant…

6. La bergamote
Croisement entre l'orange amère et le citron vert, la bergamote est prisée pour ses vertus médicinales depuis des siècles. Mais son odeur fraîche et pétillante plaît aussi aux parfumeurs, qui aiment l'associer avec des fragrances florales.

7. La tubéreuse
C'est quitte ou double avec la tubéreuse : on l'aime ou on la déteste ! Cette fleur blanche en forme d'étoile dégage une forte odeur, lourde et capiteuse. Si certains la trouvent très sensuelle, d'autres estiment que son arôme est trop fort.

8. Le santal
Le bois de santal est utilisé aussi bien dans les parfums pour femme que pour homme. Sa senteur boisée, chaude et rassurante s'obtient toutefois difficilement : son prix a beaucoup augmenté ces dernières années.

9. Le jasmin
Le jasmin est employé depuis toujours par les maîtres parfumeurs. Selon des sources historiques, Cléopâtre en imprégnait déjà les voiles de son bateau pour rendre fou d'amour Marc-Antoine dès son arrivée au port ! C'est une fragrance universelle qui s'associe aussi bien avec la rose, qu'avec la vanille ou l'ambre.

10. La rose
Bien évidemment, impossible de terminer ce classement sans citer la rose. Il s'agit d'une « note de cœur » dans le domaine de la parfumerie, à laquelle on fait appel pour sublimer de nombreux flacons. Dans l'inconscient collectif, la rose est associée à la beauté, à l'amour et à la jeunesse… rien que ça !

Top 3 des prétextes pour ne pas faire l'amour le matin :

– J'ai mes règles.

– J'ai mal à la tête.

– Laissez-moi finir mon jogging, je ne vous connais pas.

7 000 :
c'est le nombre de langues parlées dans le monde. Cependant, une langue disparaîtrait toutes les deux semaines...

Quel est le
mensonge le plus
gros de l'Histoire
de l'humanité ?

Allez...
juste un verre.

QUIZ

Comment est mort Charles VIII ?

a. Il est tombé de cheval.
b. Il s'est heurté la tête sur un linteau de pierre.
c. Il a eu une maladie rare.
d. Il a avalé de travers.

Solution : b. Il s'est heurté la tête sur un linteau de pierre.

Quand il me prend
dans ses bras,
qu'il me parle
tout bas…
eh ben, j'entends
rien.

Garder ses chaussettes pendant l'amour : ça vaut le coup

Parmi les pires tue-l'amour au lit, on peut citer sans hésiter les flatulences… et le port des chaussettes durant ses ébats. Pourtant, d'après une étude des chercheurs de l'université de Groningen (Pays-Bas), ne pas se déshabiller complètement pourrait avoir des bienfaits insoupçonnés sur votre vie sexuelle.

En effet, tout le monde sait que le froid est principalement ressenti à travers les extrémités de son corps (crâne, mains et pieds). Le fait de garder ses petons bien au chaud permet à de nombreuses personnes de se détendre et de bénéficier d'une température agréable, ce qui est bien plus efficace pour atteindre l'orgasme ! De plus, cela augmenterait la circulation sanguine en dilatant légèrement les vaisseaux, avec, à la clé, une jouissance plus intense.

Les chiffres sont là : lors de l'étude, 80 % des femmes qui gardaient leurs chaussettes aux pieds avaient un orgasme, contre 50 % de celles qui étaient pieds nus. Cela vaut aussi pour ces messieurs…

Le déroulement de ma semaine :

Luuuuuuuuuuuuuuuuuuuuuuuuuuuuuuundi

Maaaaaaaaaaaaaaaaaaaaaaaaaaaaaaardi

Meeeeeeeeeeeeeeeeeeeeeeeeeeeeeercredi

Jeuuuuuuuuuuuuuuuuuuuuuuuuuuuuuudi

VendrediSamediDimanche

Le secret pour conserver son pain frais plus longtemps

N'est pas français celui qui n'a pas une miche de pain dans sa cuisine ! Malgré les clichés sur la baguette, le fromage et le béret, rappelons que le pain est l'aliment indispensable de chaque repas pour 95 % des habitants du pays (en France, on consomme en moyenne 58 tonnes de pain par an et par personne).

Ok, mais si de nombreuses personnes se rendent tous les jours à la boulangerie, c'est pour une raison simple : le pain ne reste jamais frais très longtemps. Mais comment y remédier ? La bonne astuce consiste à mettre sa baguette… au réfrigérateur ! Cela peut sembler étrange, mais le froid stoppe le développement des bactéries, ce qui peut vous permettre de conserver le pain pendant deux semaines.

Plus précisément, il est conseillé de placer la baguette dans la zone intermédiaire du réfrigérateur, pour une température optimale entre 0 et 4 °C. Enveloppez l'aliment dans un sachet plastique, idéalement avec des ouvertures sur le haut et sur le bas pour bien ventiler et empêcher la formation de moisissures.

Petit conseil écoresponsable : afin de limiter l'utilisation d'emballages, vous pouvez aussi fabriquer ou acquérir des « bee wraps ». Ces emballages réutilisables en cire d'abeille conservent parfaitement les aliments et sont personnalisables à volonté. En plus, vous évitez ainsi d'être exposé à l'ingestion de microplastiques, délétères pour la santé à long terme.

LABYRINTHE

DIFFICILE

Charade

Mon **premier** est **DE PAIRE**,
Mon **second** est un
PRONOM ÉGOÏSTE,
Mon **troisième** est **L'ARDEUR**,
Mon **tout** n'est pas **MARIÉ**.

Solution : Demoiselle (Deux-Moi-Zèle)

... « CES COMÉDIENS ONT FAIT UN FOUR ! »

Cette drôle d'expression nous vient du XVIIe siècle, où l'allusion au four de cuisine était chose courante pour désigner l'obscurité d'une pièce (chose que l'on retrouve d'ailleurs encore aujourd'hui en disant : ***« il fait noir comme dans un four »***). Lorsqu'un spectacle de théâtre n'attirait pas les foules, il arrivait que le propriétaire de la salle décide d'éteindre les chandelles afin de faire des économies. Pire encore : il pouvait plonger le public dans l'obscurité volontairement, dans le but de pousser les rares spectateurs à partir de leur propre chef ! À notre époque, lorsqu'on dit ***« faire un four »*** dans le monde du spectacle, cela signifie donc faire une piètre performance... Dur.

NE PAS TOUCHER !

Ça doit être le truc le plus flippant à lire en braille.

La taille, ça ne compte pas... enfin, ça dépend !

« Plus c'est long, plus c'est bon » : une petite phrase graveleuse bien connue, mais qui aurait un fond de vérité. En effet, d'après une étude américaine publiée dans le *Journal of Sexual Medicine*, il semblerait que certaines femmes auraient plus facilement un orgasme avec un partenaire doté d'un pénis de bonne taille.

La nuance ? Cela ne concerne que les femmes ayant des orgasmes vaginaux, et non clitoridiens (rappelons que seules 18 % des femmes parviennent à jouir lors d'un rapport sexuel comprenant exclusivement un acte de pénétration). Ces dernières apprécieraient que leur partenaire possède un pénis mesurant légèrement plus de 15 centimètres. *« Ceci est probablement dû au fait qu'un pénis plus grand stimule une plus grande zone du vagin et de l'utérus »*, explique un des chercheurs auteurs de l'étude. En conclusion, messieurs, pas la peine de focaliser outre mesure sur la taille de votre attribut !

Dans la vie, deux mots t'ouvriront beaucoup de portes :

« POUSSER » et « TIRER » !

La boîte de vitesses automatique, une invention française

Cocorico : la France peut s'enorgueillir d'avoir vu naître la toute première transmission automatique à double embrayage. Ce procédé technique est sorti de l'imagination d'Adolphe Kégresse, un ingénieur extrêmement talentueux. Son premier job a de quoi surprendre : il était responsable technique du garage impérial en Russie ! Très créatif, le frenchie avait imaginé un système de chenilles souples pour que les voitures du tsar Nicolas II puissent circuler même dans la neige.

De retour en France en 1919, Adolphe Kégresse continue à se former chez Citroën, à une époque où l'innovation automobile est en plein essor. Fourmillant d'idées, il se lance à son compte et, en 1935, conçoit un prototype nommé « AutoServe », l'ancêtre de la boîte de vitesses automatique à double embrayage. Mais l'objet ne convainc pas les garages… Il faudra attendre les années 80 pour que cette incroyable invention refasse surface, dans le milieu des voitures de course cette fois-ci. En 2003, le groupe Volkswagen reconnaît l'intérêt de la boîte de vitesses automatique et lance la production en série. Mort en 1943, Adolphe Kégresse n'aura malheureusement pas eu le temps de constater le succès de son invention…

POURQUOI TON CHEVAL PORTE DES LUNETTES ?
IL Y AVAIT 30% SUR LES MONTURES.

JEUX

SUDOKU

DIFFICILE

			8					
1		2		5			7	
		9	7				5	6
		3	1					7
			2		8			
7					4	5		
8	4				7	3		
	5			8		4		1
					9			

Solution page 611

Chaque semaine,
je fais mes courses
sur Internet.
C'est très pratique.
J'envoie la liste de
courses à ma femme
par email.

JEUX

MOTS CROISÉS

HORIZONTALEMENT

1. Broutai dans une pâture
2. Relatif à la fois au rein et à l'uretère
3. Signal sonore – Boisson faite avec du café instantané soluble
4. Commune française dans le département du Nord – Sigle de tension artérielle
5. Indium – Ancienne commune française du département des Pyrénées-Atlantiques
6. Éloignera
7. Renseignements généraux – Joyeux
8. Dormais

VERTICALEMENT

I. Sorties
II. Partisans de l'arianisme
III Champignon – Petite prairie
IV. Astate – Modes musicaux dans la musique de l'Inde
V. Commune française dans le département de la Gironde
VI. Point de départ d'une chronologie particulière – Danse de l'île de La Réunion
VII. Commune française dans le département des Pyrénées-Atlantiques _ Genre musical algérien
VIII. Pronom personnel – Prénom féminin

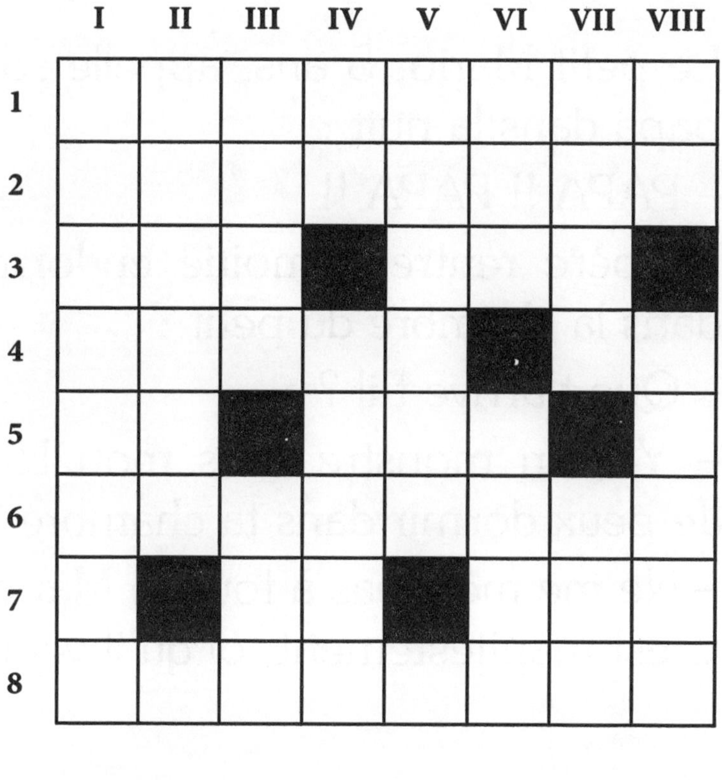

Solution page 616

Le petit Mario, 5 ans, appelle son papa dans la nuit :

– PAPA !! PAPA !!

Le père rentre à moitié endormi dans la chambre du petit :

– Que t'arrive-t-il ?

– Y'a un monstre sous mon lit ! Je peux dormir dans ta chambre ?

– Ne me mêle pas à tout ça Mario. C'est manifestement toi qu'il veut.

Le 29 novembre 1192, période de la fin de la troisième croisade, a quelque chose de spécial.

C'est quoi ?

Solution : Cette date peut être écrite comme un palindrome, c'est à dire qu'elle peut se lire dans les deux sens : 29/11/1192 et 2911/22/92.

MOTS MÊLÉS

Grands savants

Saurez-vous retrouver chacun des mots cachés dans ce tableau ?

Les mots peuvent être écrits horizontalement, verticalement, en diagonale ou à l'envers.

Mots à trouver :

1) AMPERE
2) ARCHIMEDE
3) BIOT
4) BLONDEL
5) BORN
6) CARNOT
7) CELSIUS
8) COPERNIC
9) CURIE
10) DALTON
11) DESCARTES
12) DOPPLER
13) EINSTEIN
14) FOUCAULT
15) GALILEE
16) GAUSS
17) GRAY
18) KOENIG
19) MENDELEIEV
20) NEEL
21) NEWTON
22) PASCAL
23) POUILLET
24) TESLA
25) VOLTA
26) WEBER

JEUX

O	A	E	K	C	D	W	K	P	L	R	L	J	Y	P	G	V	Z	U	S
Y	Q	U	Y	R	I	I	U	Q	X	L	R	C	Y	P	A	G	Y	V	O
E	R	G	N	L	E	D	N	O	L	B	D	W	K	E	I	S	N	R	W
I	I	P	O	U	I	L	L	E	T	T	Q	W	F	N	R	N	C	P	R
R	A	R	T	Z	R	W	S	K	S	R	U	V	E	C	Q	E	L	A	O
U	B	Ç	W	T	S	A	Ç	I	B	N	L	O	B	A	C	W	P	H	L
C	D	I	E	L	P	A	X	T	O	Q	K	L	Y	P	K	Q	E	M	J
T	X	E	N	U	B	H	I	L	R	X	M	P	H	B	I	O	T	E	A
W	X	L	S	A	D	C	C	I	N	R	E	P	O	C	A	T	T	V	G
O	Y	R	M	C	L	E	E	N	A	D	I	M	D	Q	F	E	O	V	R
G	U	I	E	U	A	Q	Z	Z	Q	X	T	E	Ç	B	S	L	D	A	A
A	O	Z	Ç	O	Z	R	F	S	T	A	Y	N	K	L	T	O	A	R	Y
L	N	E	A	F	E	Q	T	E	G	C	N	D	A	A	P	Ç	L	C	I
I	G	M	P	M	E	O	I	E	Q	S	E	E	J	P	P	J	T	H	O
L	S	F	H	U	N	N	T	B	S	M	A	L	L	H	O	U	O	I	Z
E	S	W	C	R	S	U	B	D	W	H	E	E	S	W	L	G	N	M	K
E	K	G	A	T	Y	Z	U	M	M	Z	R	I	L	I	D	A	Z	E	S
J	P	C	E	Z	B	H	V	U	G	O	A	E	R	L	U	U	T	D	E
W	H	I	X	D	Ç	Ç	Ç	E	U	C	Ç	V	S	B	M	S	L	E	I
I	N	P	H	C	W	E	B	E	R	M	A	V	X	C	T	S	D	N	J

Solution page 607

Quelle est l'heure idéale pour faire l'amour ?

Si vous vous êtes déjà posé cette question insolite, sachez que la réponse ne plaira pas aux adeptes de la grasse matinée. D'après une étude scientifique, le meilleur moment pour un rapport sexuel réussi se situerait… à 7 h 30. Ceci pour deux raisons : votre stock d'énergie est au plus haut, ce qui vous permet de tenir plus longtemps ; le shoot d'endorphines déclenché par l'orgasme vous assure d'être serein et de bonne humeur pour le reste de la journée.

Un petit bémol… Toujours selon cette étude, il est indispensable d'être réveillé depuis environ 45 minutes (donc depuis 6 h 45) avant de se lancer dans ces ébats. Le sexe à 7 h 30 ne semble donc pas idéal pour celles et ceux pour qui le réveil est une épreuve chaque matin, ni pour les individus qui ont des nuits chaotiques !

Hier soir, je me suis dit : « Yoann, tu ne boiras pas une goutte d'alcool. »

Heureusement que je ne m'appelle pas Yoann.

Touchez-vous toutes les allocations auxquelles vous avez droit ?

Certaines mauvaises langues affirment que les Français profitent outrageusement des allocations sociales, mais d'après une étude de la plateforme officielle MesAllocs.fr, cette accusation semble bel et bien infondée… Pire : au moins 10 milliards d'euros d'aides sociales ne seraient pas réclamés chaque année !
Quelques exemples : 53 % des personnes pouvant bénéficier de la prime d'activité n'y auraient pas recours, tout comme 35 % de celles ayant droit au RSA. Encore plus impressionnant, 85 % des parents ne demanderaient pas l'allocation éducation enfant handicapé…

Pourquoi tout cet argent non réclamé ? Les raisons sont variées et vont du simple oubli, à la méconnaissance totale de ces aides. Dans une enquête de janvier 2022, *Le Parisien* pointe aussi du doigt le manque d'accompagnement administratif dans certaines régions et les difficultés d'une catégorie de la population à réaliser des démarches sur Internet.

CARRÉ MAGIQUE

MOYEN

Obtenez la somme de **70** sur toutes les lignes horizontales et verticales !

23		10	16	
7	13		25	6
21	22	3		
		12	18	24
14	20			8

Solution page 603

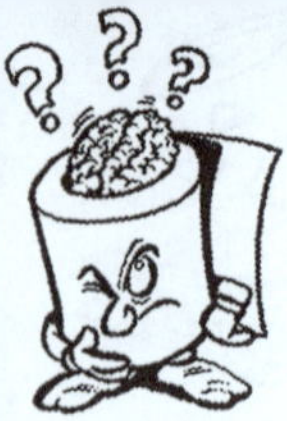

QUIZ

Quel est le cinéaste ayant réalisé le film *E.T.* en 1982 ?

a. Georges Lucas
b. James Cameron
c. Steven Spielberg

Solution : c. Steven Spielberg

L'alcool et la vitesse tuent.

Alors, ne bois pas trop vite !

Quelle est la différence entre Mona Lisa et La Joconde ?

Son sourire mystérieux, son regard qui donne l'impression de vous suivre… *La Joconde*, ou *Portrait de Mona Lisa*, exposé au musée du Louvre à Paris, est probablement le tableau le plus connu au monde. Mais justement, pourquoi appelle-t-on cette œuvre d'art par plusieurs noms ?

En réalité, nul n'est sûr de l'identité du modèle ayant posé pour Leonard de Vinci. La thèse qui suscite le plus d'approbation est qu'il s'agissait d'une jeune femme originaire de Florence. Prénommée Lisa, elle était mariée à un riche marchand, Francesco del Giocondo. « Mona » viendrait tout simplement de l'italien « Madonna », pour « Madame ». Comme vous l'avez compris, il serait donc plus juste d'écrire « Monna Lisa » que « Mona Lisa », qui nous vient de l'anglais !

Quant à « La Joconde », ce n'est autre que le petit surnom de Lisa. « Gioconda » signifie « heureuse » en italien ; d'où ce sourire figé perpétuel sur les lèvres de l'icône…

QUI EST L'INTRUS ?

EL ALTO

GEORGETOWN

POTOSI

JULIACA

PUNO

ORURO

LA PAZ

CUSCO

HUARAZ

LHASSA

SHIGATSÉ

Solution : Georgetown est la seule ville située à 2 mètres en-dessous du niveau de la mer. Toutes les autres villes se situent au moins à 3 000 mètres d'altitude.

6 :
il s’agit des chances supplémentaires de faire une crise cardiaque après avoir appris la perte d’un proche. Un triste taux qui concerne les personnes âgées de plus de 30 ans.

PAROLES DE CÉLÉBRITÉS

« J'ai dormi comme
une souche ! »
Jean Racine

« Ma devise ?
Ne jamais lâcher prise. »
Claude François

L’important, c’est de terminer ce que l’on…

AH

Quels sont les fantasmes les plus courants chez les femmes et les hommes ?

Dis-moi quel est ton fantasme et je te dirai qui tu es… La majorité des êtres humains sexuellement actifs possèdent des fantasmes, et cela n'a rien de honteux. Ces rêveries érotiques leur permettent de s'évader, de briser les tabous et faire grimper leur excitation, sans pour autant franchir le pas. Ils peuvent être gardés secrets, partagés avec un ou une partenaire de confiance, ou encore être assouvis ! Découvrez si votre fantasme se cache dans la liste des désirs sensuels les plus classiques chez les hétéros…

Le saviez-vous ?

Les fantasmes les plus fréquemment rencontrés chez les hommes :

- Un plan à trois
- Les femmes portant un uniforme
- Un rapport sexuel avec une inconnue
- Les secrétaires
- Les stars et célébrités
- Un rapport sexuel dans un lieu insolite
- Un rapport sexuel dans un lieu luxueux
- Un rapport sexuel dans un lieu en hauteur
- Les femmes sexuellement dominantes
- Le sadomasochisme
- Les orgies

Les fantasmes les plus fréquemment rencontrés chez les femmes :

- Un rapport sexuel en pleine nature
- Un rapport sexuel dans un lieu insolite
- Un rapport sexuel avec une autre femme
- Un plan à trois
- Un rapport sexuel avec un inconnu
- Le voyeurisme
- Les stars et célébrités
- Le sadomasochisme
- La découverte d'autres pratiques sexuelles

Les bons vins sont meilleurs en magnum.

Vrai.
Et ce n'est pas uniquement un argument marketing pour vous faire dépenser votre argent ! Car il y a bien une raison scientifique à cela : les bouteilles magnum possèdent proportionnellement plus d'espace entre le bouchon et le liquide. Cette quantité d'oxygène permet au vin de mieux maturer et de développer des qualités organoleptiques jusqu'à 15 % supérieures à celles d'un vin en bouteille de 75 cl.

JEUX

SUDOKU

FACILE

		6	5		2		1	8
2			1		3	4		
	1			9			3	2
				1		2		3
			8		6			
6		7		3				
9	5			4			2	
		2	7		1			9
4	7		2		9	8		

Solution page 612

J'avais
une blague
sur Niagara,
mais je dois
m'en aller.

Ces animaux qui n'ont presque jamais de cancer

On commence avec un chiffre assez inquiétant : d'après Santé publique France, 1 homme sur 5 et 1 femme sur 6 développera un cancer au cours de sa vie. La majorité d'entre eux seront âgés de plus de 65 ans. Mais cette funeste maladie n'est pas exclusive aux êtres humains, puisqu'elle concerne aussi les chiens, les chats, les lapins, les vaches… En bref, la plupart des mammifères, surtout lorsqu'ils ont une longue espérance de vie.

Pourtant, de manière étonnante, ce n'est pas le cas des baleines à bosse ni des éléphants. Ces derniers peuvent pourtant atteindre respectivement l'âge honorable de 50 et de 70 ans, ce qui pourrait laisser penser que ce sont des espèces vulnérables face au cancer…

Or, les chercheurs ont découvert que ces animaux possèdent une mutation génétique qui stoppe la prolifération des cellules cancéreuses, leur laissant ainsi la possibilité de se réparer. Si ce n'est pas possible, les cellules s'autodétruisent, ce qui réduit considérablement le risque de développer une tumeur.

Bien évidemment, cette prodigieuse faculté intéresse tout particulièrement le monde de la cancérologie, qui ne perd pas espoir de développer un jour un médicament inspiré de la génétique des éléphants et des baleines à bosse.

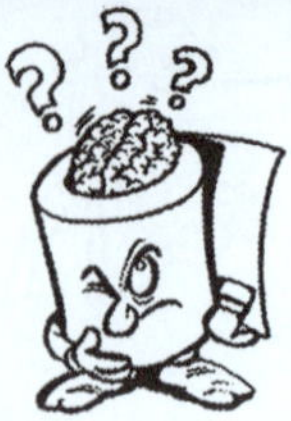

QUIZ

Quel est le nom de « l'avare » dans la pièce éponyme de Molière ?

a. Sganarelle
b. Harpagon
c. Amphitryon
d. Jourdain
e. Spassigon

Solution : b. Harpagon

Je m'ennuie tellement…
Je pense que je vais aller au centre commercial, trouver une super place de parking, rester assis dans ma voiture toute la journée avec les feux de recul allumés…

Charade

Mon **premier** n'est pas **SÉPARÉ**,

Mon **second** est un **RÉCIPIENT**,

Mon **troisième** est d'un

GOÛT PIQUANT,

Mon **tout** **S'ÉTEND**.

Solution : Universel (Uni-Verre-Sel)

LABYRINTHE

FACILE

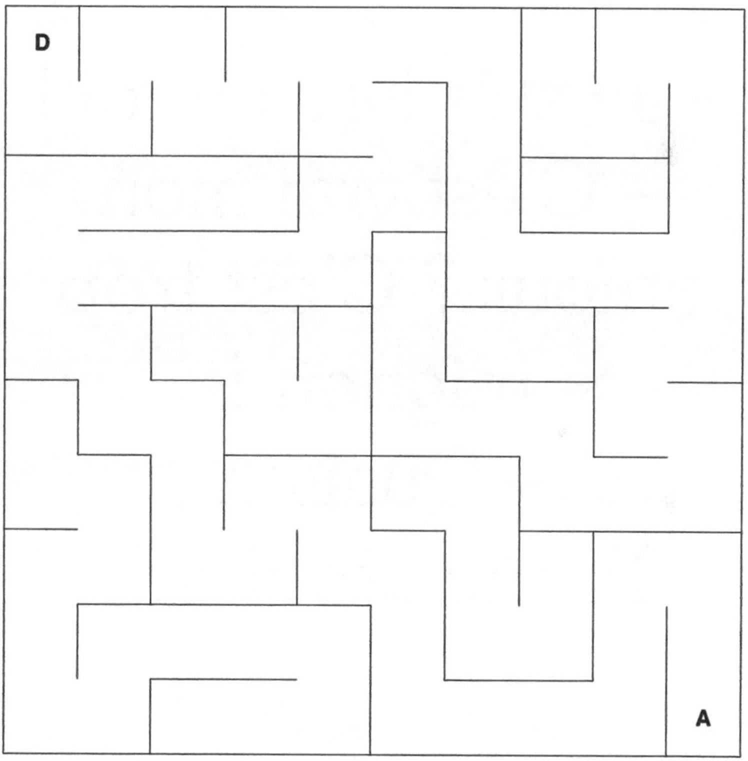

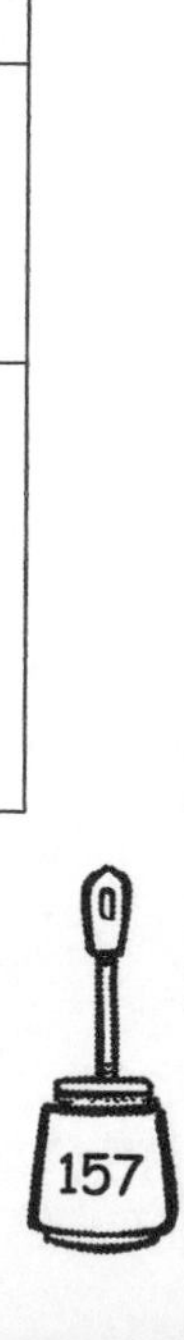

– Je suis ivre de toi !
– C'est vrai mon amour ? C'est trop mignon !
– Ouais…
Tu me saoules…

La minute people

- La mère de **Gad Elmaleh** a lancé sa propre entreprise à l'âge de 80 ans. Tout est parti d'une blague pendant le confinement, alors que l'humoriste venait de recevoir un couscous livré par sa maman. Un ami lui aurait dit : *« Ça déchire ce couscous, ta maman devrait en distribuer à tout le monde, ça cartonnerait ! »* Aussitôt dit, aussitôt fait : l'octogénaire a relevé le défi et a fondé sa société, Walida.

- L'humoriste **Pierre Palmade** a fait la Une des journaux après un terrible accident de la route le 10 février 2023, sous l'emprise de la drogue. Il faut dire qu'il était déjà tristement connu pour enchaîner les cures de désintoxication sans succès. En 2017, le monde du show-biz le surnommait même « la salle de shoot ambulante »…

- Une info plus légère sur **Pierre Palmade** : saviez-vous qu'il a été en couple avec le chanteur Patrick Juvet, à la fin des années 90 ? Parmi ses autres idylles méconnues, le comédien a également eu une « petite histoire » avec l'animatrice Évelyne Leclercq. *« Elle en pinçait pour moi »*, a révélé Pierre Palmade dans son autobiographie !

"J'ai créé un monde
où certains se servent
d'un téléphone qui vaut
900 euros pour consulter
leur compte bancaire
à découvert."

DIEU

En utilisant deux lettres consécutives de chaque mot, retrouvez un animal.

MICHEL

REPOS

CHÂTEAU

PARENT

Solution : Éléphant (EL-EP-HA-NT)

LE DESTIN HORS NORME DU FILS DE LOUIS DE FUNÈS

Certains sont commerciaux, comptables ou aides-soignants… Et d'autres ont une carrière beaucoup plus originale, à l'image de leur ascendance ! C'est le cas d'Olivier de Funès, né en 1949 dans le IXe arrondissement de Paris. Son père, le célébrissime acteur Louis de Funès, rêvait que son fils « brûle les planches » et l'a donc convaincu de jouer dans six long-métrages, dont *Sur un arbre perché* fut le plus apprécié. Le héros du *Gendarme de Saint-Tropez* a même encouragé la création d'un rôle sur mesure pour son fils dans *L'Homme orchestre*, où celui-ci jouait de la batterie.

Malgré son talent, Olivier de Funès ne se sentait pas très à l'aise avec l'idée de devenir comédien, craignant la grande précarité du métier… Après des études de commerce, ce fils d'acteur a finalement choisi de se consacrer à son rêve : devenir pilote d'avion. Il deviendra copilote pour Air Inter, puis commandant de bord pour Air France. Aujourd'hui, Olivier de Funès est âgé de 73 ans et profite d'une retraite bien méritée !

4,2 :
c'est la profondeur
en kilomètres de la mine
Western Deep Levels,
en Afrique du Sud ;
un record.

Vous vous moquez
de Voldemort, mais
il n'empêche que lui,
en hiver, il n'a pas
le nez qui coule !

À quel âge est-on le plus belle ?

Attention, question piège… Vous vous en doutez, il n'y a pas de réponse universelle à ce sujet très subjectif. Toutefois, selon une étude du magazine *Allure*, il semblerait que les femmes se sentent au firmament de leur beauté à l'âge de 31 ans. D'après *The Telegraph*, c'est à l'âge de 45 ans qu'elles s'estiment le plus épanouies et bien dans leur peau ! Enfin, à 60 ans, elles sont le moins complexées par les petits signes de l'âge. Un vrai encouragement pour toutes celles qui ont peur des années qui défilent.

Humour

Kevin fait de l'autostop.
Une superbe BMW s'arrête et le conducteur demande :
– Tu es de quel bord politique ?
– Euh… de droite libérale, pourquoi ?
Et tout à coup, la voiture démarre en trombe !
Une belle SLK Mercedes s'arrête. Le conducteur demande :
– Tu es de quel bord politique ?
– Euh… de droite libérale.
Et la voiture part sur les chapeaux de roues !
Arrive une splendide Porsche 911 avec pour conductrice, une superbe femme.
Elle demande à Kevin :
– Tu es de quel bord politique ?
– Je suis socialiste !
La fille lui demande de monter dans sa voiture.
Au fur et à mesure que la très belle femme change les vitesses, sa mini-jupe remonte jusqu'au point de voir sa petite culotte.
Kevin est très excité et dit à la sublime femme :
– C'est marrant la politique, ça fait dix minutes que je suis socialiste et j'ai déjà envie de baiser quelqu'un !

Cinq choses qu'on ne
devrait jamais oublier
de dire aux gens
que l'on aime :

– Pardon
– Merci
– Tu as raison
– Je t'aime
– T'as une crotte
de nez qui dépasse…

Quand on dit
que l'argent ne fait
pas le bonheur,
On parle
de quelle somme
exactement ?

CARRÉ MAGIQUE

DIFFICILE

Obtenez la somme de **210** sur toutes les lignes horizontales et verticales !

	52		19	20	28	36
29		45		12	13	21
14	22	30	38	46	54	
48	7		23	31		47
40	41	49			24	32
25		34	42	50	9	
10	18	26	27			51

Solution page 603

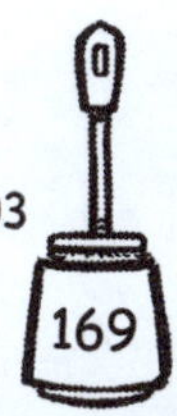

SMS :

– Salut, j'aimerais bien venir te baiser mercredi !

– Euh…

– Oups… désolé ! C'est le correcteur automatique !

– Ha !! Tu voulais dire quoi ?

– Je voulais dire vendredi.

LE PONCEUR DE RODIN

MOTS MÊLÉS

Pays du Moyen-Orient

Saurez-vous retrouver chacun des mots cachés dans ce tableau ?

Les mots peuvent être écrits horizontalement, verticalement, en diagonale ou à l'envers.

Mots à trouver :

1) ARABIE SAOUDITE
2) BAHREIN
3) CHYPRE
4) EGYPTE
5) IRAK
6) IRAN
7) JORDANIE
8) KOWEIT
9) LIBAN
10) OMAN
11) PALESTINE
12) QATAR
13) SYRIE
14) TURQUIE
15) YEMEN

H	Y	Y	A	V	M	A	O	P	M	N	U	D	D	M	R	E	K	H	O
T	E	T	P	Y	G	E	W	Y	L	U	E	I	U	N	I	C	E	K	E
E	A	B	L	H	Q	K	M	Y	H	S	O	D	V	R	A	T	Y	F	D
I	D	K	O	Y	N	W	W	Q	D	Ç	L	D	Y	T	I	U	I	V	K
O	T	V	F	E	Ç	Y	W	X	Q	X	V	S	J	D	J	Z	V	H	N
V	V	H	B	J	I	C	C	P	Y	D	L	A	U	O	O	P	P	G	A
V	C	R	F	A	D	Ç	L	T	I	U	A	O	A	A	R	J	N	R	M
N	N	H	A	E	H	I	R	A	K	R	A	P	N	Q	D	A	W	Q	O
U	E	F	Y	U	D	R	Z	N	E	S	A	N	Y	D	A	B	U	C	H
J	M	P	T	P	O	I	E	C	E	N	J	N	F	T	N	R	H	W	O
D	E	I	U	Q	R	U	T	I	H	V	I	R	H	T	I	M	Z	Z	E
S	Y	X	O	Z	V	E	B	D	N	M	B	T	R	V	E	E	W	T	O
Ç	R	S	J	U	H	A	R	Q	F	S	F	A	S	N	Q	Y	W	T	I
A	C	Ç	H	V	R	O	S	P	N	E	T	Z	Q	E	O	G	C	O	A
U	S	U	P	A	Z	Z	T	D	Ç	A	W	P	R	M	L	Z	Y	Q	K
V	F	Z	U	E	B	F	H	D	Q	E	X	A	C	I	J	A	K	E	A
F	W	Ç	L	I	B	A	N	L	P	N	M	E	M	N	M	P	P	Q	V
K	R	H	H	V	Y	M	D	E	T	O	L	K	Z	E	W	I	M	S	A
U	R	X	O	L	I	I	L	M	J	L	D	G	U	H	O	G	L	N	H
C	B	F	O	H	Ç	M	Y	Y	C	Q	I	N	Ç	M	K	K	U	F	E

Solution page 608

JEUX

SUDOKU

MOYEN

		5		3	6		7	2
	7	6						
2					7			9
3	8				5			6
		2				9		
5			9				8	1
8			4					7
						5	4	
4	9		8	5		6		

Solution page 612

La minute people

- **Mozart** est connu pour avoir été un compositeur prodige. 41 symphonies, 20 opéras, 27 concertos pour piano et orchestre, 18 sonates pour piano, 23 quatuors à corde... En tout, l'artiste aura composé 202 heures de musique durant sa courte existence (il est décédé à l'âge de 35 ans).

- Le comédien américain **Daniel Sloss** serait à l'origine de la rupture de 4 000 couples, incluant 17 divorces. La raison ? Un sketch issu du spectacle *Jigsaw*, diffusé sur Netflix en 2018. L'auteur de stand-up y affirmait que de nombreuses personnes préfèrent être en couple avec la mauvaise personne, plutôt qu'avoir la patience de rencontrer la bonne. Une « blague » qui a ouvert les yeux à de nombreux téléspectateurs, d'après les milliers de messages que Daniel Sloss a reçus !

Je me suis baladé
ce matin le long
de l'étang de Thau.
J'étais tranquille,
aucune chanson en tête,
tranquille…
Et par-dessus l'étang,
soudain, j'ai vu… passer
des oies sauvages.
Dégoûté…

Pamplemousses et médicaments ne font pas bon ménage

Un petit jus de pamplemousse frais pressé tous les matins, vous ne pouvez pas vous en passer en hiver… Ok, mais pas plus. En effet, les personnes qui prennent un traitement médicamenteux quotidien devraient se méfier de cet agrume acidulé. La chair et les pépins du pamplemousse contiennent une enzyme qui empêche le foie de fonctionner correctement. Problème : au-delà de 2 ou 3 verres de jus de pamplemousse par jour, les substances actives des médicaments que vous prenez peuvent voir leurs effets dangereusement augmentés. Cela peut entraîner des effets indésirables accrus, mais aussi avoir des conséquences bien plus graves, surtout si vous suivez un traitement puissant. Oui au pamplemousse, mais sans en abuser !

Humour

Un pompier dit à sa femme :
– On va faire comme à la caserne. Quand je dis : Sirène 1 : tu te déshabilles ; sirène 2 : tu sautes dans le lit ; sirène 3 : on y va pour la nuit !

Le soir venu, il hurle :
– Sirène 1 !
Et sa femme se dévêtit.
– Sirène 2 !
Elle plonge dans le lit.
– Sirène 3 !
Et ils se mettent en action.
Après 2 minutes d'activité, la femme du pompier se met à hurler :
– Sirène 4 !!!
– Mais…c'est quoi sirène 4 ?
– Rajoute du tuyau, t'es trop loin du feu !!!

QUI EST L'INTRUS ?

ABUJA

KIGALI

LUSAKA

PRETORIA

YAOUNDÉ

OUAGADOUGOU

ACCRA

BAMAKO

DOHA

CONAKRY

Solution : Doha est la capitale du Qatar dans la péninsule arabique (Asie), alors que toutes les autres villes sont des capitales de pays d'Afrique.

MOTS CROISÉS

HORIZONTALEMENT

1. Relations
2. Onde mécanique
3. Drame lyrique japonais – Séparation
4. Lettre de l'alphabet grec – Poèmes abrégés à rimes plates
5. Magistrat français
6. Cheville – Lawrencium
7. Point de départ d'une chronologie particulière – Mouvement rapide d'un grand nombre de personnes
8. Adjectif possessif – École normale supérieure

VERTICALEMENT

I. Vitres arrière

II. Femme agent de police chargée de la surveillance d'un îlot

III. Astate – Charges d'un âne

IV. Approchera

V. Grosse poutre horizontale recevant le bas des chevrons de la couverture

VI. Problème – Prénom – Adjectif numéral

VII. Pâtes

VIII. Étain – Fromage frais

	I	II	III	IV	V	VI	VII	VIII
1								
2								
3			■			■		■
4				■				
5								
6				■		■		
7				■				
8				■				■

Solution page 616

Monsieur et Madame Leujourélanui ont un fils.

Comment s'appelle-t-il ?

Jacques-André car.... Jacques-Andréééééé le jour et la nuiiiit, j'atttendrai toujours ton retouuuuuuur !

Pirates ou corsaires… quelle est la différence ?

Celles et ceux qui ont vu la saga *Pirates des Caraïbes* le savent ! Jack Sparrow n'est qu'un vulgaire pirate détrousseur de bateaux, à qui l'on peut passer la corde au cou… Alors que les corsaires, eux, sont mandatés par le roi et ont le droit d'attaquer et de piller légalement les navires. Étymologiquement, il est toutefois dur de faire la différence, puisque « pirate » vient du grec *peirates* (« celui qui tente fortune »), tandis que « corsaire » est tiré du latin *cursus*, (« le marin qui pratique la course »). De nos jours, beaucoup confondent les deux termes, très proches dans l'imaginaire commun. Retenez simplement que le pirate agit à son compte et que le corsaire possède un laissez-passer émanant de l'État.

– Chéri, quelle couleur je mets pour paraître mince ?

– Gris, tu mets gris…

QUIZ

Quelle est la première femme à avoir obtenu le prix Nobel de littérature ?

a. Toni Morrison
b. Selma Lagerlöf
c. Olga Tokarczuk
d. Simone de Beauvoir
e. Doris Lessing

Solution : b. Selma Lagerlöf, en 1909

– Je ne comprends rien à votre famille Monsieur.

– Je répète une dernière fois : mon père est maire, ma tante est soeur. J'ai un cousin qui est frère et mon frère est masseur…

– Qui t'a bâillonnée ainsi ?
– Mffé véro véro ffète !
– Qui ça ?? Oh pardon ! Je t'enlève ton bâillon !
– C'est 007 ! Le célèbre agent secret !
– Comment ? L'agent Bond bâillonne ?

Mais quel est ce mystérieux signal « Wow ! » perçu dans l'espace ?

C'est très certainement le signal radio le plus intrigant et potentiellement le plus lourd de conséquences jamais capté dans l'espace... Tout commence le 15 août 1977, tandis qu'un astrophysicien étudie les relevés du radiotélescope Big Ear de l'université de l'Ohio (États-Unis). Il repère alors un incroyable signal radio long de 72 secondes, du jamais vu ! Ce dernier semble provenir de la constellation du Sagittaire, à près de 20 000 années-lumière de la Terre. Stupéfait, le scientifique ne peut que noter comme observation : « Wow ! » sur son carnet de recherches. Il ne sait pas encore que cette simple onomatopée deviendra officiellement le nom du signal radio !

Depuis tout ce temps, « Wow ! » continue de déchaîner les passions au sein du monde de la science, mais aussi des fervents convaincus de la thèse extraterrestre. En effet, le signal a été émis sur une bande de fréquence extrêmement étroite, ce qui suggérerait qu'il n'est pas d'origine naturelle, mais peut-être technologique... En 2012, une « réponse officielle » de l'humanité a même été envoyée dans l'espace, telle une bouteille à la mer, contenant 10 000 messages Twitter.

En 2020, nouveau rebondissement : après de longues recherches, un astronome amateur affirme avoir trouvé l'origine du signal radio. Il s'agirait de l'étoile 2MASS 19281982-2640123, possédant de nombreux points communs avec notre Soleil.

L'université de Cambridge (Royaume-Uni) a reconnu la pertinence de ses travaux et accepté de s'y pencher. Cette mystérieuse étoile abrite-t-elle une vie extraterrestre ? L'avenir nous le dira !

FORT BOYARD
PISSE-PARTOUT

« Sea, sex and sun. »
La mer, le sexe, ok...
Mais pour le produit
lave-vaisselle...
jamais compris !

... « CE COMÉDIEN EST NUL À LUI JETER DES TOMATES ! »

À notre époque, les comédiens qui se produisent dans une pièce de théâtre ont très peu de chances de se voir bombarder de tomates, même si leur jeu laisse à désirer. Or, au XVIIIe siècle, le public était bien moins discipliné lors des représentations. Les spectateurs n'hésitaient pas à parler entre eux, à s'esclaffer, à se restaurer, à se moquer des comédiens… et même à leur jeter les restes de leur repas s'ils n'appréciaient pas le spectacle. Heureusement pour ces pauvres artistes, le XIXe siècle a vu l'avènement du public sagement assis.

J'ai acheté une
demi-douzaine de magrets
de canard juste pour
entendre ma femme dire,
en ouvrant le frigo :
– Mais c'est quoi ces
six magrets ?!

Charade

Mon **premier** est **ABUSÉ**,

Mon **second** porte les **VOILES**,

Mon **troisième** se répète

SANS VOULOIR,

Mon **tout** est en rapport avec les

BLESSURES.

Solution : Traumatique (Trop-Mât-Tic)

LABYRINTHE

MOYEN

Quelle princesse n'a jamais les lèvres gercées ?

Labello bois dormant.

Voici comment votre femme sait que vous la trompez

Vous avez beau nier les faits, c'est écrit sur votre visage. Comme l'assure une étonnante étude menée par des chercheurs de la Royal Society Open Science, l'apparence physique de certains hommes pousserait les femmes à leur attribuer inconsciemment un « potentiel d'infidélité ». Durant l'étude, des volontaires devaient scruter les visages d'hommes hétérosexuels sur la base de clichés, afin de leur attribuer un « potentiel d'infidélité » allant de 1 à 10. Résultat : les femmes se sont avérées beaucoup plus méfiantes concernant les mâles présentant certaines caractéristiques physiques. Une arcade sourcilière très marquée, de longs cils, une mâchoire carrée, des lèvres fines… voici le portrait-robot de l'homme volage ! De manière surprenante, les chercheurs ne sont pas du tout parvenus à des résultats probants lorsqu'ils ont tenté l'expérience avec le sexe opposé.

À prendre avec des pincettes, bien sûr…

JEUX

SUDOKU

DIFFICILE

	6		7		9		2	
5				3				9
			2	4	5			
8		5				6		2
	4	1				5	7	
9		2				1		4
			6	5	1			
3				7				6
	5		8		3		1	

Solution page 612

Questions à la con du WC BOOK

Les femmes
snobs et cultivées,
avant l'orgasme,
disent-elles :
« Puis-je ? »

CARRÉ MAGIQUE

FACILE

Obtenez la somme de **18** sur toutes les lignes horizontales et verticales !

	3	
	10	2
4		

Solution page 602

Charade

Mon **premier** aime **L'HIVER**,

Mon **second** est deux pour les **SHADOKS**

Mon **troisième** **RALENTIT**,

Mon **tout** **HALLUCINE**.

Solution : Schizophrène (Ski-Zo-Freine)

Dans une librairie :
– Bonjour !
Je cherche le livre *Travailler sans se fatiguer.*
– Désolé, il est épuisé !

QUIZ

Quel est ce château de l'Oise dans lequel on peut visiter le musée Condé ?

a. Le château de Saumur
b. Le château d'Ermenonville
c. Le château de Pierrefonds
d. Le château d'Andeville
e. Le château de Fontainebleau
f. Le château de Chantilly

Solution : f. Le château de Chantilly

Que fait un chien quand on lui sert une bière ?

Il l'aboie.

J'ai un pote musicien qui a l'orteil absolu : il joue comme un pied.

Mesdames, voici la « meilleure » position sexuelle pour atteindre l'orgasme...

... et vous risquez d'être un peu déçue, car il n'y a pas de secret insoupçonné ou de position sexuelle spectaculaire. D'après une étude américaine publiée dans la revue *Sexologies*, on apprend que le meilleur moyen de jouir lors d'un rapport sexuel lorsqu'on est une femme serait... la classique position du missionnaire. Les raisons avancées ? Cette position serait idéale pour provoquer un afflux de sang en direction du clitoris, surtout si vous placez un oreiller sous votre bassin pour le rehausser pendant le rapport. Toutefois, chaque femme est différente, alors si vous préférez l'andromaque, la levrette ou le Grand 8, ne vous privez surtout pas !

La chanteuse
Adèle est en tournée
en Belgique.
Elle va se faire
un paquet de fric
Adèle !

Quelle est la différence
entre un oiseau
et un voleur ?

Les deux volent,
mais la différence
est que l'oiseau fait son
nid et que le voleur
nie son fait.

MOTS MÊLÉS

Prénoms commançant par P

Saurez-vous retrouver chacun des mots cachés dans ce tableau ?

Les mots peuvent être écrits horizontalement, verticalement, en diagonale ou à l'envers.

Mots à trouver :

1) PABLO
2) PACO
3) PASCAL
4) PATRICE
5) PATRICIA
6) PATRICK
7) PAUL
8) PAULINE
9) PENELOPE
10) PENNY
11) PERRINE
12) PETRA
13) PHARELL
14) PHILIPPE
15) PIERRE
16) POL
17) PRECILLIA
18) PRUNE
19) PURA
20) PYRENE

JEUX

K	I	P	D	K	G	E	J	S	H	K	O	B	Ç	T	W	K	H	R	L
H	C	X	Y	E	E	N	U	R	P	N	F	U	V	J	C	E	T	A	G
F	O	I	X	D	H	E	M	Q	Ç	U	Ç	P	A	T	R	I	C	I	A
S	S	Q	R	V	Q	R	B	W	C	M	N	F	V	M	U	S	H	I	I
F	B	Q	I	T	H	Y	H	T	U	J	O	S	S	Y	A	Ç	S	D	L
H	I	X	T	G	A	P	Z	P	A	U	L	F	U	P	A	C	O	T	L
D	T	B	J	J	H	P	H	R	S	L	A	O	P	A	L	O	M	U	I
G	H	A	Y	B	P	I	A	C	L	X	E	C	I	R	T	A	P	B	C
N	N	P	A	M	L	P	N	U	G	Ç	P	Ç	L	H	U	M	O	L	E
A	P	K	E	I	B	M	S	N	S	E	P	I	N	P	I	I	D	U	R
T	X	Y	P	W	D	Q	L	W	P	U	L	E	A	N	G	F	S	J	P
F	J	P	M	W	T	E	L	O	R	O	J	O	N	M	C	M	C	I	D
J	E	E	B	B	R	C	L	A	P	V	H	M	X	N	M	Q	O	A	S
F	U	V	D	L	M	E	C	X	S	S	H	G	R	P	Y	Q	L	A	X
B	H	O	R	L	N	E	N	I	L	U	A	P	E	B	J	W	B	E	V
R	A	L	B	E	N	X	E	R	R	E	I	P	G	U	G	J	A	N	W
N	W	Ç	P	R	R	M	R	C	M	V	M	D	B	F	I	R	P	H	L
A	M	P	U	A	U	R	E	N	I	R	R	E	P	U	T	X	T	Q	O
B	A	E	L	H	R	V	N	F	I	R	X	C	E	E	K	P	Z	W	W
K	X	V	K	P	K	H	Z	U	O	S	L	K	P	X	R	Ç	X	T	N

Solution page 608

Récemment, Bruno a rencontré Léa. Ce soir, il l'emmène observer les étoiles en bord de mer.

Alors qu'ils regardent pensivement le ciel étoilé, Léa lui chuchote :

– À quoi tu penses mon chéri ?

– Ben… à la même chose que toi mon amour…

– T'es vraiment qu'un porc !

UNE BOÎTE DE PRÉSERVATIFS SVP.
QUELLE TAILLE ?

QUI EST L'INTRUS ?

FRANÇOIS RABELAIS

MICHEL DE MONTAIGNE

MADAME DE SÉVIGNÉ

NICOLAS BOILEAU

VOLTAIRE

ERIK SATIE

ALPHONSE DE LAMARTINE

VICTOR HUGO

GEORGE SAND

GUSTAVE FLAUBERT

ÉMILE ZOLA

Solution : Erik Satie est le seul pianiste, tous les autres sont des écrivains.

Les antilopes,
elles doivent péter
un câble quand elles
voient une lope.

12 454 :
c’est le nombre
de grains que peut
contenir un morceau
de sucre standard.

Questions à la con du WC BOOK

Dans quelle poubelle jeter le papier de verre ?

Les petites phrases à sortir au dîner pour se donner l'air intéressant

Saviez-vous…

… qu'un cochon ne peut pas regarder le ciel en gardant ses quatre pattes au sol ?

… que l'être humain est l'espèce la plus endurante du règne animal sur une longue distance ?

… que le générique du JT de TF1 est adapté de la BO du film *Les Dents de la mer* ?

… que le langage niais que vous utilisez pour parler à votre bébé ou à votre animal de compagnie s'appelle le « mamanais » ?

… qu'il existe un poisson (le *Serranus Tortugarum*) qui peut changer de sexe jusqu'à 20 fois par jour ?

… que le chameau a une colonne vertébrale parfaitement droite malgré sa bosse ?

Le saviez-vous ?

… que la majorité des serial killers sont nés en novembre ? (Méfiez-vous s'il y a des Scorpion à table…)

… qu'il existe un mot finlandais pour les gens qui ne peuvent pas s'empêcher de faire remarquer chaque faute d'orthographe ? (« pilkunnussija », soit « connard de la virgule » !)

… qu'on trouvait des pandas en Europe de l'Est il y a 5 millions d'années ?

… que l'herpès labial est apparu il y a 5 000 ans, en même que temps que l'habitude très humaine de s'embrasser ?

… que faire trois strikes consécutifs au bowling s'appelle un « Turkey » ?

… que le mot « algorithme » vient du nom du mathématicien ouzbek Al-Khwârizmî, qui a rédigé le premier manuel d'algèbre ?

… que les suricates femelles produisent deux fois plus de testostérone que les mâles ?

… que porter un pantalon en jean est le meilleur moyen d'être protégé contre les morsures de serpents ?

CE PAYS DANS LE MONDE EST LE SEUL À...

… ne pas posséder de désert au Moyen-Orient : le Liban.

… être intégralement situé à plus de 1000 mètres au-dessus du niveau de la mer : le Lesotho.

… ne pas avoir son nom sur ses timbres postaux : le Royaume-Uni (il est remplacé par l'effigie du monarque).

… ne pas avoir un drapeau rectangulaire : le Népal (son drapeau est plus haut que large et composé de deux triangles à longue pointe).

… parler anglais en Amérique du Sud : la Guyane.

… être une minuscule île-État : Pitcairn (fait partie d'un ensemble de 4 îles du territoire britannique dans l'océan Pacifique), dont la surface est de 2,8 kilomètres carrés).

… mesurer le niveau national de bonheur de ses habitants : le Bhoutan.

… posséder tous les types de climats possibles : la Nouvelle-Zélande.

… arborer la Bible sur son drapeau : la République Dominicaine.

… posséder la seule merveille du monde encore existante : l'Égypte, avec sa pyramide de Khéops.

… avoir une ville dont le nom commence par les 3 premières lettres de l'alphabet : les Pays-Bas, avec le village d'Abcoude.

… avoir 99 % de ses habitants vivant près d'un fleuve : l'Égypte (la population est concentrée sur 4 % du territoire, sur les berges du Nil).

… permettre de voir dans la même journée le soleil se lever sur l'océan Pacifique le matin et se coucher sur l'océan Atlantique le soir : le Panama.

Bonus : ils ne sont que deux États dans le monde à…
… avoir une arme à feu sur leur drapeau : le Guatemala et le Mozambique.

… avoir trois océans comme frontière : les États-Unis et le Canada.

… être doublement enclavés : l'Ouzbékistan et le Liechtenstein.

JEUX

SUDOKU

FACILE

	3	4	9			2		
7	9			3	5		6	
5			1	2				
6	7		2		9		8	
				7				
	4		5		6		1	9
				9	3			2
	2		8	1			9	6
		8			2	4	3	

Solution page 612

À Dieppe, Robert sort de la gare avec sa valise pour aller un peu se reposer en bord de mer.

Il prend un taxi et donne la destination du Airbnb qu'il a loué.

Le chauffeur démarre et brûle tranquillement le premier feu rouge.

– Vous venez de passer au rouge, lui fait remarquer Gérard.

– Je sais ! Ne vous inquiétez pas, mon beau-frère le fait tout le temps !

Au deuxième feu, il a déjà pris de la vitesse et passe à nouveau au rouge.

– Oh !, sursaute le passager. Vous en avez encore brûlé un !

– Et alors ? Je vous dis que mon beau-frère le fait sans arrêt, il n'a jamais eu de problème…

Au troisième feu, le taxi lancé à fond, passe au rouge sans même ralentir.

– Mais vous êtes fou, crie Gérard. Vous allez nous tuer !

– Mais non, rassurez-vous ! Je vous ai déjà dit que mon beau-frère le fait tout le temps, et il est en parfaite santé…

Le quatrième feu est vert. Alors, le chauffeur freine et s'arrête.

– Qu'est-ce qui vous prend ? dit le passager. Vous venez de griller trois feux rouges, et quand celui-ci est au vert, vous vous arrêtez !

– Oh que oui ! Je me méfie ! Si jamais on croise mon beau-frère…

Plutôt pizza-cake ou tête de veau ?

Le site TasteAtlas.com ne s'est pas fait des amis en publiant, en février 2023, son très subjectif classement des « pires plats au monde ». En effet, on ne plaisante pas en matière de spécialités culinaires. Dans de nombreux pays, des défenseurs du patrimoine local ont bondi d'indignation, ne pouvant croire que leur pépite régionale soit dans le classement !

Voyez plutôt :

- La salade d'indigirka sibérien (avec des morceaux de poisson fraîchement décongelés)
- La pizza-cake canadienne (une pizza… sur plusieurs étages)
- Le hàkarl islandais (à base de requin)
- Les anis de Flavigny (des sucreries issues d'une abbaye en Bourgogne)
- La tarentule frite thaïlandaise (cela se passe de commentaires)

Le saviez-vous ?

- Le Stegte Sild scandinave (du hareng vidé, badigeonné de moutarde et persil, puis mariné)
- La Gule aerter danoise (une soupe aux pois cassés)
- Les vegetable rolls anglais (des rouleaux végétariens)
- La tête de veau française (également un plat de Noël traditionnel en Italie)
- La pizza frite écossaise (servie avec des frites, pour encore plus de gras)

Les habitants de Bourgogne ont notamment été choqués de constater que leurs chers bonbons à l'anis vert enrobé de sucre aromatisé étaient jugés moins appétissants que… des tarentules grillées. On ne dira pas le contraire…

Je ne plie le genou devant rien ni personne… j'ai de l'arthrose.

La minute people

- **Francis Ford Coppola** est fier d'avoir réalisé le film culte *Le Parrain*, sorti en 1972. Pourtant, la production n'était pas du tout convaincue de son choix et l'a renvoyé cinq fois ! Parmi leurs sujets de dispute : le choix controversé de l'acteur Al Pacino et une bagarre avec le chef opérateur du film en plein tournage.

- **Paul McCartney**, le célèbre membre des Beatles, n'était pas un enfant de chœur. Pour preuve, il a passé 9 jours en prison en 1980, après s'être fait arrêter pour détention de stupéfiants au Japon.

- L'acteur **Sylvester Stallone** n'était pas non plus un enfant de chœur. Son palmarès : il s'est fait renvoyer de 14 écoles durant son enfance ! Rambo ne pouvait déjà pas tenir en place.

MON SECRET POUR SENTIR BON ? L'AIL.

À première vue, on aurait tendance à penser que manger de l'ail n'est pas une bonne idée pour « conclure ». Pourtant, une étude tchèque publiée par *ScienceDirect*, et qui a de quoi surprendre, révèle que consommer cet aliment en grande quantité pourrait améliorer son odeur corporelle. Ainsi, sur un panel de 42 hommes cobayes, presque toutes les femmes ont préféré le parfum des aisselles de ceux ayant consommé beaucoup d'ail dans les 12 heures.

La raison : l'ail contient de l'allicine, un composé antibactérien, très efficace pour lutter contre les infections. Il contribuerait donc à assainir le corps naturellement ; un vrai plus si vous êtes sensible aux rhumes et autres maux de l'hiver.

CARRÉ MAGIQUE

MOYEN

Obtenez la somme de **65** sur toutes les lignes horizontales et verticales !

9			22	3
21	2	8	14	
13	19		1	
	6	12		24
17		4		11

Solution page 604

Humour

Un poulet est au bord d'une route. Il la traverse.
Pourquoi le poulet a-t-il traversé la route ?

René Descartes : « Pour aller de l'autre côté. »

Platon : « Pour son bien. De l'autre côté est le Vrai. »

Aristote : « C'est la nature du poulet que de traverser les routes. »

Karl Marx : « C'était historiquement et socialement inévitable. »

Hippocrate : « C'est en raison d'un excès de sécrétion de son pancréas. »

M. Luther King : « J'ai la vision d'un monde où tous les poulets seraient libres de traverser la route sans avoir à justifier leur acte. »

Moïse : « Et Dieu descendit et il dit au poulet : tu dois traverser la route. Et le poulet traversa la route et Dieu vit que cela était bon. »

Emmanuel Macron : « Pour trouver un travail facilement. »

Donald Trump : « Le poulet n'a pas traversé la route, je répète, le poulet n'a JAMAIS traversé la route. »

Sigmund Freud : « Le fait que vous vous préoccupiez que le poulet ait traversé la route révèle votre fort sentiment d'insécurité sexuelle latente. »

Bill Gates : « Nous venons justement de mettre au point le nouveau Poulet Office 2024 qui ne se contentera pas seulement de faire traverser les routes à vos poulets, mais couvera aussi leurs œufs et les classera par taille. »

Galilée : « Et pourtant, il traverse. »

L'Église de scientologie : « La raison pour laquelle le poulet traverse est en vous, mais vous ne le savez pas encore. Moyennant la somme modique de 1 000 euros par séance, une analyse psychologique vous permettra de la découvrir. »

Éric Cantona : « Le poulet, il est libre le poulet. Les routes, quand il veut, il les traverse. »

Albert Einstein : « Le fait que ce soit le poulet qui traverse la route ou que ce soit la route qui se meuve sous le poulet dépend uniquement du référentiel dans lequel vous vous placez. »

Nelson Montfort : « J'ai à côté de moi l'extraordinaire poulet qui a réussi le formidable exploit de traverser cette superbe route :

– *Why did you cross the road ?*

– Cot cot !

– Eh bien il dit qu'il est extrêmement fier d'avoir réussi ce challenge, ce défi, cet exploit. »

Confucius : Le poulet peut traverser la route, seul le Maître connaît le bruit de son ombre derrière le mur. »

Forrest Gump : « Cours poulet, cours ! »

Jean-Claude Van Damme : « Le poulet la road il la traverse parce qu'il sait qu'il la traverse, tu vois la route, c'est sa vie et sa mort, la route c'est Dieu c'est tout le potentiel de sa vie, et moi, Jean-Claude Super Star quand le truck arrive sur moi, je pense à la poule et à Dieu et je fusionne avec tout le potentiel de la life de la road ! Et ça c'est beau ! »

Richard Virenque : « C'était pas un lapin » ?

Et oui ! Tout est question de point de vue !

LABYRINTHE

DIFFICILE

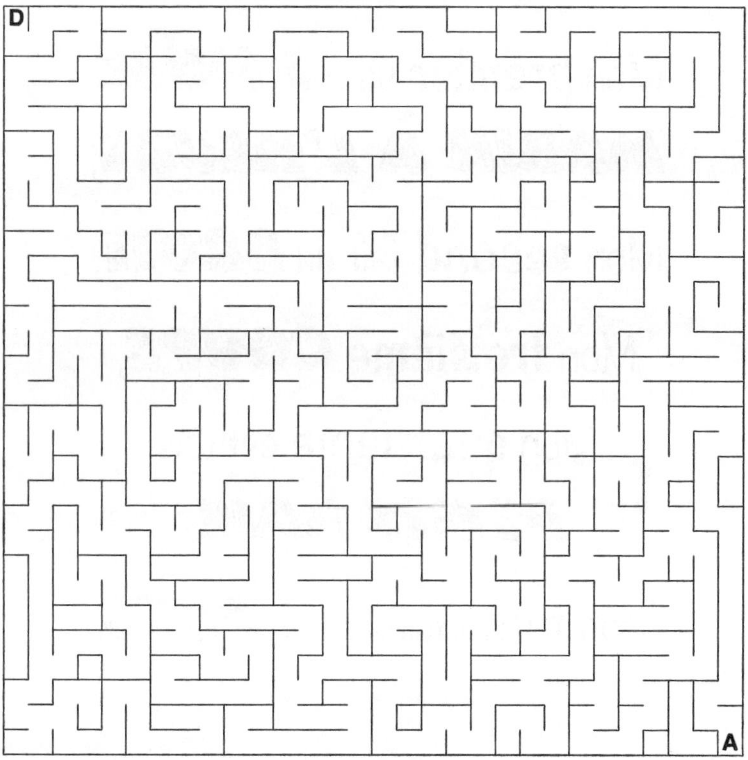

Charade

Mon **premier** va à **1 MILLE MARIN À L'HEURE**,

Mon **second** fait du **BRUIT**,

Mon **troisième** **COUPE**,

Mon **quatrième** est une **PETITE BAIE**,

Mon **tout** étudie les **NERFS**.

Solution : Neuroscience (Noeud-Rot-Scie-Anse)

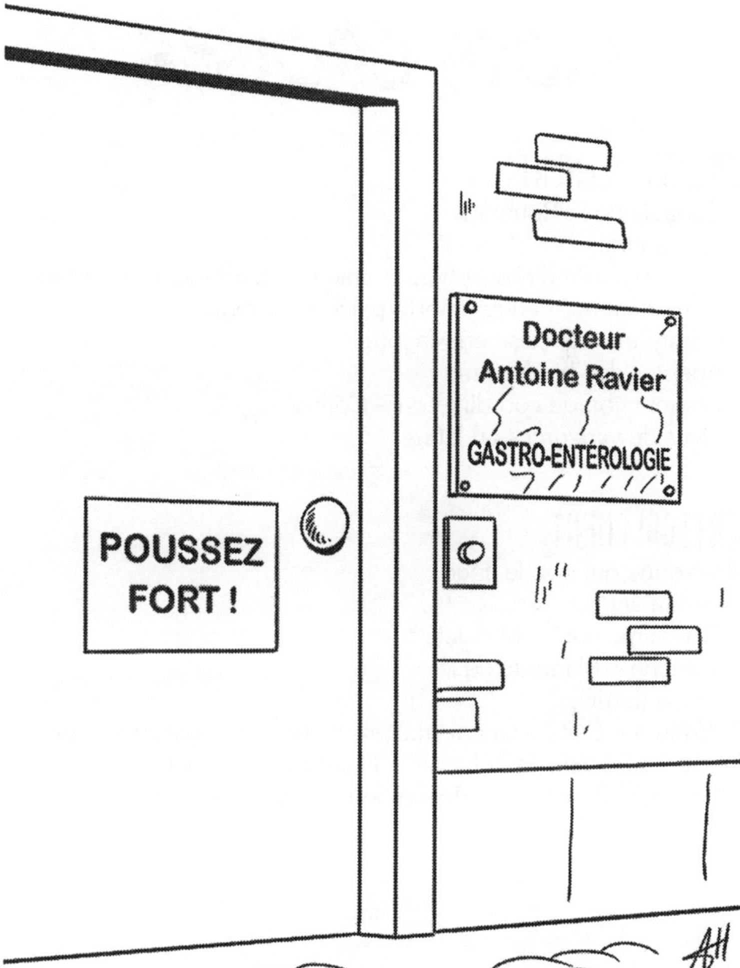
POUSSEZ FORT !
Docteur
Antoine Ravier
GASTRO-ENTÉROLOGIE

JEUX

MOTS CROISÉS

HORIZONTALEMENT

1. Capitale de la Roumanie
2. Façonnerai
3. Spectrométrie d'absorption atomique – Expression de l'unité
4. Conjonction _ Langue morte paléo-hispanique
5. Commune française en Mayotte
6. Adeptes de l'hindouisme
7. Conjonction de coordination – Connu
8. Pieds de vers grecs ou latins

VERTICALEMENT

I. Personne qui lave le linge
II. Profitaient
III. Du même côté – Mendélévium
IV. Période – Plante toxique
V. Arabe (familier)
VI. Erbium – Établissement français d'enseignement supérieur
VII. Séché à l'aide de la fumée – Pronom personnel
VIII. Récipient de bois – Moyen de transport

	I	II	III	IV	V	VI	VII	VIII
1								
2								
3				■		■		
4			■					
5								■
6							■	
7			■		■	■		
8		■						

Solution page 616

« Brasero, hideux, vingt-quatre, saucisse, fuite… »

Continuez la suite logique et trouvez le mot correspondant !

Solution : c'est le mot « indice ». Si vous lisez les mots à haute voix, vous vous rendrez compte qu'à la fin de ceux si on entend les chiffres 0, 2, 4, 6 et 8. Donc il faut poursuivre avec le mot « indice » (10).

QUI EST L'INTRUS ?

MER DE BARENTS

MER DE BEAUFORT

MER BLANCHE

GOLFE DE BOOTHIA

BASSIN DE FOXE

MER DE NORVÈGE

MER DU LABRADOR

MER DE LAPTEV

MER DE LINCOLN

MER DE TIMOR

Solution : La mer de Timor est la seule mer faisant partie de l'océan Indien, toutes les autres font partie de l'océan Arctique.

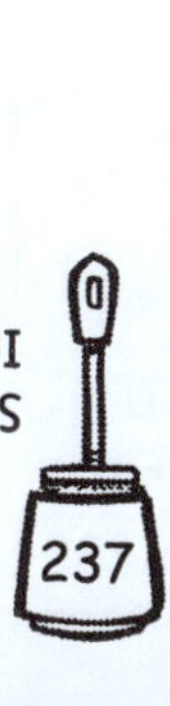

Le saviez-vous ?

Il est possible de jouer avec les cendres de cet homme

C'est en 1950, qu'Edward Headrick imagine cet objet en forme de soucoupe volante particulièrement aérodynamique et amusant à lancer et à rattraper. Plus tard, dans les années 70, le « Disc Golf », ou frisbee de compétition, connaît un bel engouement dans le monde des loisirs sportifs.

En 2022, juste avant de décéder, Headrick manifeste une dernière volonté du moins étonnante. Toujours très emballé par son invention, il a en effet demandé à ses proches d'incinérer son corps et de placer ses cendres… dans un frisbee !

« Pendant des années, il plaisantait en disant qu'il voulait continuer à vivre sous la forme d'un frisbee, a déclaré son fils. Nous avons toujours pensé qu'il plaisantait. Mais il a clairement indiqué qu'il était sérieux. Il voulait que nous utilisions ses cendres pour fabriquer des frisbees. Il a même dit qu'il espérait que nous les lancerions en son honneur. »

L'histoire ne dit pas si ses descendants continuent à se passer le frisbee dans le jardin en pensant avec émotion à leur père…

Un jour, tu trouveras quelqu'un qui n'aura d'yeux que pour toi.

Bon, il est fort probable que ce soit un chien, mais c'est déjà bien.

Charade

Mon **premier** est

ENGOURDI DE FROID,

Mon **second** est

AU-DESSUS DE VOUS,

Mon **troisième** **RÉITÈRE**,

Mon **quatrième** **TRICHE**,

Mon **tout** se fait de

MANIÈRE PASSAGÈRE.

Solution : Transitoirement (Transi-Toit-Re-Ment)

– Surtout, tu dis à ta mère qu'on était au parc !
– Oui, papa !

– Alors, cette promenade mes chéris?
– On était au café, papa a perdu 20 euros au Cash et a renversé son demi sur un monsieur… Alors, après la bagarre, on est allé au parc.

... « CETTE STAR A GAGNÉ UN OSCAR »

Plusieurs légendes courent autour du nom des Oscars, ces fameuses statuettes offertes chaque année par l'Académie des arts et sciences du cinéma aux États-Unis. Certains affirment qu'il s'agirait d'une ressemblance fortuite entre la statuette et l'oncle de la bibliothécaire de l'Académie, prénommé Oscar. Pour d'autres, il s'agirait d'une boutade du journaliste Sidney Skolsky : **« Un cigare, Oscar ? »** Enfin, le nom pourrait venir de l'actrice Bette Davis, qui avait jugé que les fesses de la statuette étaient aussi plates que celles de son mari Oscar !

SUDOKU

MOYEN

	2			3			6	8
			2	6			9	
						1		
3				7				2
4	8	6		2		5	1	7
1				5				6
		7						
	3			1	5			
9	1			4			7	

Solution page 612

Rachel, une mère juive, rencontre une amie. Cette dernière lui demande :

– Alors Rachel, comment ça va la famille ?

– Ça va, ça va… figure-toi que ma belle-fille a menacé de quitter mon fils David si je continuais à m'occuper de sa vie et à lui téléphoner 10 fois par jour !

– Et alors ?

– Et alors, elle ne va pas beaucoup me manquer !

– J'ai besoin d'un peu de temps sans les enfants. Tu peux les garder ?
– Oui, bien sûr ! Quand ?
– De 10 à 16.
– Ok. Aucun souci.
– Merci ! Je les récupère à 17 ans.

MOTS MÊLÉS

Psychiatres célèbres

Saurez-vous retrouver chacun des mots cachés dans ce tableau ?

Les mots peuvent être écrits horizontalement, verticalement, en diagonale ou à l'envers.

Mots à trouver :

1) ALZHEIMER
2) BALLET
3) BARUK
4) BINSWANGER
5) BLEULER
6) BONNAFE
7) COTARD
8) DENIKER
9) FANON
10) FOREL
11) FREUD
12) KRAEPELIN
13) LACAN
14) LAING
15) MAGNAN
16) MELMAN
17) MOREL
18) OURY
19) PINEL
20) REYNAUD

JEUX

T	G	H	E	M	E	M	J	Z	T	U	Y	I	N	R	G	B	A	L	E
S	Ç	P	F	E	S	U	D	L	Ç	Z	G	J	U	G	Y	J	L	V	J
D	I	U	T	L	E	O	A	W	S	F	Y	P	F	P	K	N	Y	G	F
Ç	H	S	Y	M	E	C	A	I	O	W	R	N	Y	R	C	M	T	N	Q
Q	G	R	Ç	A	A	R	F	S	N	J	E	X	A	Z	P	N	H	B	G
T	U	F	Z	N	O	L	N	C	A	O	W	E	V	Y	W	A	J	L	L
O	A	B	O	I	H	D	G	T	I	S	P	V	M	O	R	S	P	E	Z
X	C	I	P	R	R	P	B	B	Ç	E	I	X	Y	O	C	V	N	U	P
B	V	N	J	F	E	N	L	Ç	L	I	S	E	Q	L	R	P	T	L	R
N	I	S	O	G	M	L	F	I	R	Ç	A	B	E	S	X	E	U	E	I
X	J	W	F	F	I	E	N	L	F	B	O	N	N	A	F	E	L	R	X
D	Q	A	G	Y	E	K	K	O	R	A	I	T	B	Q	D	G	R	R	Ç
Ç	D	N	Ç	Y	H	T	H	E	T	P	N	T	B	Z	C	J	F	N	E
N	Z	G	L	A	Z	X	Y	E	L	X	N	O	P	D	O	Ç	G	G	B
A	R	E	X	A	L	N	L	F	H	P	H	S	N	R	D	P	U	N	W
N	O	R	Ç	L	A	L	Y	R	B	A	R	U	K	X	R	N	E	I	Q
G	U	A	A	U	A	H	Q	Z	M	W	A	A	Z	W	A	R	V	A	Q
A	B	F	D	B	E	G	L	U	M	Q	G	Y	K	R	T	N	E	L	R
M	R	E	K	I	N	E	D	Ç	Ç	R	Q	A	W	J	O	Q	D	C	Q
W	S	Z	A	A	M	E	X	D	U	E	R	F	R	Z	C	D	N	H	U

Solution page 609

Ce matin, mon mec a voulu faire l'amour avant que je parte au boulot.

Du coup, je suis arrivée avec 2 minutes de retard.

Comment sait-on quand cet astéroïde tueur de dinosaures s'est écrasé ?

Il y a 66 millions d'années, un des plus grands bouleversements de l'histoire de la Terre se produisait : un gigantesque astéroïde s'écrasait, provoquant des changements climatiques extrêmes, et par là même, la fin du règne des dinosaures. Cet événement s'étant produit il y a des temps immémoriaux, les scientifiques ont bien sûr le plus grand mal à le dater précisément.

Pourtant, ils sont désormais certains que l'astéroïde a traversé l'atmosphère terrestre durant une chaude journée… de juin ! En effet, les paléontologues ont trouvé des restes de jeunes poissons fossilisés, tués par l'impact de la roche destructrice. En observant attentivement le stade auquel leur croissance s'était arrêtée, et au regard des cycles de reproduction habituels des poissons, ils en ont déduit que le drame avait dû avoir lieu en juin.

Humour

Gérard se perd en forêt. Heureusement, il se fait héberger par un paysan qui lui offre le gîte et le couvert. Le lendemain, il veut remercier le paysan et constate qu'il n'a pas un rond en poche mais, étant ventriloque, il décide de lui faire un petit tour en guise de remerciements. Sur ce, il se dirige vers une poule et lui dit :

– Salut Madame la poule ! Comment ça va ?

– Bonjour Monsieur ! Ça va bien, à part que le paysan me pique mes œufs, mais autrement ça va…

Le paysan est estomaqué :

– Nom de dieu ! Vous faîtes parler les poules ?

Gérard lui répond :

– Oh, pas que les poules. Regardez.

Il va vers la vache :

– Salut la vache ! Ça va bien ?

– Bonjour Monsieur. Ça va, mais il y a juste le paysan qui me tire mon lait tous les matins, sinon ça va…

Le paysan est abasourdi :

– Crévindiou ! Les vaches aussi ?

Gérard se tourne vers lui :

– Oui. Et tous les animaux en fait. Regardez celle-ci, dit-il en se dirigeant vers la chèvre.

– Bonjour Madame la chèvre !

Alors le paysan, tout affolé, crie à Gérard :

– L'écoutez pas ! C'est une menteuse !

Petite astuce pour éviter...

...que votre canette de bière ou de soda explose
On a tous déjà connu ce moment rageant où l'on s'ouvre tranquillement une canette ou une bouteille bien fraîche... et qu'elle se transforme en geyser. Ce mini-drame se produit lorsque le récipient a été secoué, fragmentant le gaz carbonique en petites bulles qui se précipitent vers la « sortie ».
Certains préconisent de taper la canette contre la table, d'autres de frapper sur le dessus ou le côté de la boisson afin de « repousser » les bulles de gaz au fond. Malheureusement, ces techniques sont complètement inutiles. D'après une étude très sérieuse menée par des chercheurs danois, il n'y a qu'une chose à faire, et elle ne va pas vous plaire : attendre !

...que votre barbecue s'éteigne
Rien de plus frustrant que de voir les flammes mourir peu à peu alors que l'on rêve de pouvoir enfin faire griller ses chipolatas. Si vous n'êtes pas le « roi du barbecue », voici une astuce qui fonctionne très bien : jeter une poignée de bouchons de liège pour faire repartir le feu ! Bien sûr, pour cela, il faut d'abord avoir bien entamé l'apéro... Autre conseil : si vous n'avez pas de bouchons sous la main, un peu de gros sel peut aussi donner un coup de pouce aux braises.

Peu de gens
le sachent, mais
c'est le 4 février 1883
que l'inventeur
du Bescherelle
a décédé.

TU DOIS ME PRENDRE COMME JE SUIS...

Charade

Mon **premier** n'est **PAS ICI**,

Mon **second** est une **RÈGLE PLATE**,

Mon **troisième** est le plus **ANCIEN DE L'ÉGYPTE**,

Mon **quatrième** est un **SABLE MOUVANT**,

Mon **cinquième** est le **LEADER**,

Mon **sixième** est **ATOME**,

Mon **tout** aide le **CERVEAU À S'ORGANISER**.

Solution : Latéralisation (Là-Té-Râ-Lise-As-Ion)

40 :
c'est le nombre de gouvernements français au pouvoir entre les deux guerres mondiales ! Une période pour le moins instable politiquement.

Gauthier est un jeune soldat de 20 ans. Malheureusement, le colonel de la caserne vient d'apprendre le décès de la sœur du jeune soldat. Il fait donc appel à un adjudant pour annoncer la mauvaise nouvelle à Gauthier :
– Adjudant, je vais vous confier une mission délicate. La sœur de Gauthier est décédée hier soir et le pauvre soldat n'est pas encore informé. Vous allez donc le mettre au courant. Vous êtes un gars bien et je sais que vous trouverez les mots justes pour annoncer cette terrible nouvelle de manière décente à ce jeune garçon. Maintenant, rompez !
L'adjudant décide sur-le-champ de faire sonner le rassemblement. Tout le régiment est maintenant réuni dans la cour d'honneur. Il hurle ses ordres :
Tous ceux dont la sœur est morte, un pas en avant !
Personne ne bouge…
– Soldat Gauthier, je vous supprime toutes vos permissions pendant les 6 prochains mois pour non-obéissance aux ordres !

La girafe, un animal pas banal !

Les géantes de la savane africaine ont de quoi nous étonner. Voyez plutôt...

- Le cou de la girafe mesure en moyenne entre 5,5 et 6 mètres. Pourtant, tout comme les êtres humains, l'animal ne possède que 7 vertèbres cervicales... très espacées !

- Le bébé girafe fait une chute de 2 mètres lors de sa naissance ! Il faut dire que sa mère donne bas debout, ce qui n'est pas des plus pratiques.

- La girafe est le seul vertébré terrestre à ne jamais bâiller.

- Elle peut se nettoyer les oreilles et les narines grâce à sa longue langue de 50 centimètres.

- Les girafes fredonnent durant la nuit : un drôle de son à basse fréquence, faisant penser à un bourdonnement d'abeille ou à un chant religieux...

- Le mâle a une méthode particulière pour déterminer si une femelle est en chaleur : il goûte son urine.

- Le nom latin de la girafe est *Giraffa camelopardalis*. Pourquoi ce terme ? Parce que les Grecs de l'Antiquité étaient persuadés que l'animal provenait d'un croisement entre un chameau (*camelus*) et un léopard !

- La girafe possède un système veineux incroyable, qui parvient à faire circuler son sang dans toute l'étendue de son grand corps malgré la gravité. Les scientifiques de la NASA s'en sont même inspirés pour créer une combinaison destinée aux astronautes et aux pilotes de chasse.

- Les taches du pelage de la girafe sont uniques, comme les empreintes digitales d'un être humain. Elles foncent à mesure que l'animal prend de l'âge, peut-être sous l'influence de la testostérone.

La claustrophobie, c'est la peur des endroits fermés.

Exemple : je vais au bistrot, mais j'ai peur qu'il soit fermé !

CARRÉ MAGIQUE

DIFFICILE

Obtenez la somme de **210** sur toutes les lignes horizontales et verticales !

	27	35	43		10	18
36	44	52	11	19		28
		13	21	29	37	45
14	22			46	54	6
31	39	47	48	7		
41	49		16	24	32	
9	17	25			42	50

Solution page 604

La mascotte du navigateur de recherche Mozilla Firefox est un renard.

Faux !
Contre toute attente, « firefox » est en réalité le surnom anglais du panda roux. Dès ses débuts, l’entreprise a décidé que ce petit animal en voie d’extinction serait sa mascotte. Or, le designer chargé de dessiner le logo de la société a vu les choses de manière plus littérale, en imaginant la silhouette d’un renard roux enroulé autour d’un globe… Désormais, des millions d’internautes ignorent tout bonnement que le panda roux est la vraie star de Mozilla Firefox !

Mais qui est ce mystérieux réalisateur nommé Alan Smithee ?

Les cinéphiles qui lisent ces pages ont peut-être déjà visionné un ou plusieurs films crédités Alan Smithee… Étrangement, les œuvres de ce réalisateur sont assez hétéroclites, mêlant des genres très différents. Mais il y a une raison à ce mystère : Alan Smithee n'existe pas ! Ce nom est un pseudonyme utilisé aux États-Unis par les réalisateurs qui décident de se retirer volontairement du générique, reniant ainsi leur œuvre. Généralement, ce choix radical est pris à la suite de différends irréconciliables avec la production ou d'un désaccord profond sur le montage final du film. Le nom « Alan Smithee », utilisé pour la première fois en 1955 à Hollywood, n'a d'ailleurs pas été sélectionné au hasard : il s'agit de l'anagramme de « The Alias Men » (« les hommes au nom d'emprunt ») !

Qu'arrive-t-il à une voyante qui perd la boule ?

Elle n'a plus d'avenir !

C'est gênant, aujourd'hui, d'apprendre aux enfants le « Merci qui ? » sans penser à Jacquie et Michel.

Vrai ou faux ?

Imiter un bâillement est une marque d'empathie.

Vrai.
Ce phénomène amusant a même un nom scientifique : l'échopraxie ou échokinésie. Les neurones-miroirs sont en cause : ce sont eux qui nous permettent d'apprendre par mimétisme de son prochain. Une légende court selon laquelle les serial killers, incapables d'empathie, ne seraient pas capables d'échokinésie... Si cela est difficile à vérifier, il est vrai que les personnes autistes sont insensibles au phénomène de bâillement contagieux, à cause d'un dysfonctionnement notable des facultés d'empathie.

Une dame est assise dans un compartiment de train. Un homme s'installe à côté d'elle, et commence à lire son journal.
Soudain, la femme éternue : Atchoum ! suivi de : Hummmmm ! Haaaaa ! Houuuu ! Hummmmm !
Le monsieur, étonné, regarde la dame qui, quelques instants après éternue encore et émet les mêmes bruits : Hummmmm ! Haaaaa ! Houuuu ! Hummmmm ! Tout en fermant les yeux et basculant sa tête en arrière…
L'homme, toujours aussi surpris, demande à cette femme :
– Vous avez un problème Madame ? Je suis médecin. Je pourrais peut-être vous aider ?
– C'est que j'ai une de ces maladies rares, vous vovez ?
– Ah bon ? Et de quoi s'agit-il ?
– Eh bien, à chaque fois que j'éternue, j'ai un orgasme.
– Sans blague ? Et vous prenez quelque chose pour ça ?
– Oui bien sûr ! Je prends du poivre…

JEUX

SUDOKU

DIFFICILE

	7			2	3			
	2		4				8	9
		5	7		9	1		
2		8				9	7	
5								4
	6	7				3		5
		6	9		2	5		
7	5				8		9	
			3	7			4	

Solution page 612

Deux potes discutent :
– Tu sais, ma femme adore le sexe anal…
– Assieds-toi qu'on en parle.
– Je peux plus m'asseoir !

LABYRINTHE

FACILE

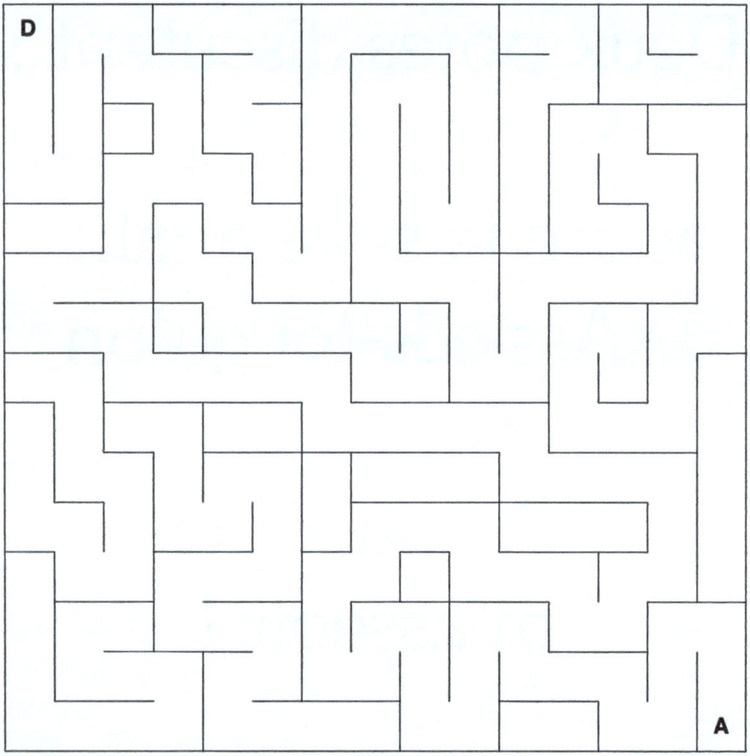

QUIZ

En 2009, quelle actrice incarne Gabrielle Chanel dans le film *Coco avant Chanel* ?

a. Cécile de France
b. Mélanie Laurent
c. Marion Cottiard
d. Audrey Tautou
e. Alexandra Lamy

Solution : d. Audrey Tautou

À PETIT PÉNIS, GROSSE FERRARI

« *Lui, c'est sûr, il compense...* » Une remarque lourde de sous-entendus que vous avez sûrement déjà entendue ou prononcée. Dans l'imaginaire collectif, lorsqu'on s'affiche avec une voiture de luxe, c'est forcément parce qu'on a un petit pénis !
Or, une étude menée par le département de psychologie expérimentale de l'université de Londres ne donne pas tort à cette idée reçue. Les chercheurs ont rassemblé 200 hommes adultes et ont fait croire à certains que la taille normale du pénis en érection était de 10 centimètres, et à d'autres qu'elle était de 18 centimètres. Le but : faire naître chez une partie des participants un « sentiment d'insuffisance génitale ».

Et cela a marché au-delà des attentes des scientifiques : alors qu'on leur demandait d'évaluer leur envie d'acheter des produits onéreux, les hommes qui pensaient posséder un pénis plus petit que la moyenne étaient bien plus nombreux à lorgner sur les voitures de luxe. Le pourcentage était particulièrement élevé chez les sondés âgés de plus de 30 ans. L'équipe scientifique en a donc logiquement conclu que le fait d'acquérir une Porsche ou une Maserati pouvait « compenser » un sentiment d'infériorité dû à la taille de son sexe... Bien sûr, cette règle ne s'applique pas forcément à toutes les stars et tous les milliardaires !

297 :

c'est le nombre d'années depuis la création du morceau qui inspirera l'hymne de la Ligue des champions de football (1727-2024) ! Car avant de devenir la chanson préférée des footeux, le morceau « Zadok, the Priest » était en fait – et l'est toujours – l'hymne des cérémonies de couronnement des souverains britanniques..

Humour

Marcel, un paysan, est dans un troquet en train de boire au beau milieu de la journée.
Roland l'aperçoit et lui demande :
– Hé ! Pourquoi tu es là en train de te saouler par une belle journée comme aujourd'hui ?
– Y'a des affaires qu'on n'est pas capable d'expliquer...
– Qu'est-ce qui t'arrive de si grave ?
– Ben, tu vois, ce matin, j'étais dans l'étable en train de traire ma vache. À la fin, elle a donné un coup avec sa patte gauche sur le seau et l'a renversé.
– Ça n'a pas l'air si grave que ça...
– Ouais, mais y'a des affaires qu'on n'est pas capable d'expliquer...
– Que s'est-il passé d'autre ?
Marcel enchaîne :
– Là, j'ai décidé d'attacher la patte gauche de la vache au poteau pour ne pas qu'elle recommence.
– Et puis ?
– Ben, je me suis rassis et j'ai recommencé à la traire. Quelques minutes plus tard, elle a donné un coup sur le seau avec sa patte droite.
– Encore ?
– Ben oui... y'a des affaires qu'on n'est pas capable d'expliquer...
– Alors, qu'est-ce que tu as fait ?
– J'ai décidé d'attacher la patte droite sur l'autre poteau pour ne pas qu'elle recommence. Là, elle ne pouvait plus donner de coups de patte, puisque les deux étaient attachées de chaque côté.
– Et ça a marché ?
– Ben, je me suis rassis et j'ai recommencé à la traire. Tout allait bien jusqu'à ce que la maudite vache donne un coup de queue et renverse le seau encore une fois.
– Ah ouais... ça n'allait pas bien...
– Non, Roland. Y'a des affaires qu'on n'est pas capable d'expliquer...
– Alors, qu'est-ce que tu as fait ensuite ?
– Ben là, je n'avais plus de corde à portée de main, alors j'ai enlevé ma ceinture pour attacher sa queue sur un poteau pour ne pas qu'elle recommence. Comme je venais de finir d'attacher sa queue, mon pantalon est tombé.
– Et alors ?
– Ben, c'est à ce moment-là que ma femme est entrée dans l'étable... Y'a des affaires qu'on n'est pas capable d'expliquer...

IL Y A
DU VENT !
OUI, C'EST
LA BRISE DE
LA BASTILLE !
27 28 29
JUILLET 1830
AH

Signe sataniste ou symbole de paix et d'amour ?

Tendez votre auriculaire et votre index, puis repliez votre majeur et votre annulaire. Vous venez de faire le « signe des cornes du diable », habituellement associé aux chanteurs de hard rock et de métal ainsi qu'à leurs fans déchaînés.

On considère qu'il a été popularisé par Ronnie James Dio, membre du groupe de métal Black Sabbath. Ce dernier a révélé des années plus tard qu'il faisait ce signe en hommage à sa grand-mère sicilienne, et ce afin de conjurer le mauvais œil : il s'agit du « malocchio », qui peut aussi avoir l'effet d'attirer le mauvais œil sur quelqu'un.

Pourtant, le « signe des cornes du diable » est en fait utilisé depuis des siècles dans les cultures du monde entier. En effet, les bouddhistes l'employaient dans le but de repousser les mauvaises énergies (symbole qui a d'ailleurs été repris par les hippies dans les années 70). Et si l'on remonte encore plus loin dans le temps, on découvre que ce signe des doigts signifiait dans l'Antiquité grecque… qu'une personne était cocue !

Autre époque, autre ambiance, aux États-Unis, de nombreux supporters de football esquissent les « cornes du diable » en guise de soutien à leur équipe préférée.

Monsieur et madame
NeserajamaisvainqueurdelaLDC
ont une fille.
Quel est son prénom ?

Paris.

Kevin du Pas-de-Calais entre dans un restaurant et demande :
– Je voudrais une table pour ma cousine, ma femme et moi.
– Trois personnes donc.
– Non, deux !

Lui, fou amoureux :
– Ma chérie…
j'aimerais tant être
ton premier.
Elle :
– Alors, viens tôt
le matin !

QUAND MÉDITER NOUS ANGOISSE ENCORE PLUS

« Installez-vous confortablement, fermez les yeux et faites le vide dans votre esprit… » Une injonction qui vous donne des sueurs froides ? Si la méditation est souvent recommandée aux personnes stressées ou anxieuses, elle n'est pas toujours une solution miracle. Selon une étude publiée dans la revue scandinave *Acta Psychiatrisa Scandinavica*, 8 % des patients sondés auraient subi des conséquences négatives après une séance de méditation. Loin de voir leur état s'améliorer, ils auraient ressenti de l'angoisse et de la nervosité, ils auraient même présenté des symptômes dépressifs.

Comment est-ce possible, alors que la méditation est universellement reconnue comme une discipline aidant à se recentrer sur soi, à apaiser le flot tumultueux de ses pensées et à prendre de la distance avec ses émotions ? En réalité, il semblerait que les méditants puissent paniquer en ressentant de la difficulté à contrôler leurs sentiments et leurs idées parasites. Si c'est votre cas, peut-être sera-t-il possible de gagner en sérénité en persévérant, au fur et à mesure des séances de méditation. Envisagez également de méditer en présence d'un professionnel… ou admettez tout simplement qu'il y a de nombreuses autres pratiques susceptibles de vous faire du bien.

4,5 :
c'est la taille en centimètres des restes du pénis de Napoléon, vendus aux enchères à un urologue pour la somme de **2 500** dollars.

Pourquoi les doigts de notre main ne sont pas tous de la même taille ?

Pour une raison très simple : si c'était le cas, vous auriez beaucoup plus de mal à empoigner et manier des objets de formes et de longueurs différentes. Ainsi, on constate d'après l'observation des primates que ces derniers n'utilisent pas toujours les mêmes doigts pour attraper des branches de diverses tailles et épaisseurs. Le pouce opposable, quant à lui, est incroyablement pratique pour manipuler des objets très finement.

Kevina, 14 ans, demande à sa copine, Cynthia, 15 ans :

– Hey ! Pourquoi tu fais un selfie de ton tympan ?

– Quoi ?

– Pourquoi tu fais un selfie de ton tympan ?

– Je téléphone, idiote !

MOTS MÊLÉS

Synonymes de Joyeux

Saurez-vous retrouver chacun des mots cachés dans ce tableau ?

Les mots peuvent être écrits horizontalement, verticalement, en diagonale ou à l'envers.

Mots à trouver :

1) AGREABLE
2) ALLEGRE
3) BADIN
4) BON
5) CHARMANT
6) CONTENT
7) EGAYANT
8) ENJOUE
9) EPANOUI
10) EUPHORIQUE
11) FOLATRE
12) GAI
13) GUILLERET
14) HEUREUX
15) HILARE
16) JOVIAL
17) RADIEUX
18) RAVI
19) REJOUI
20) RIANT

JEUX

E	U	O	Y	D	E	K	J	B	E	J	Ç	G	W	F	J	H	R	E	K
D	C	U	Y	L	E	L	E	Q	P	C	T	N	A	I	R	B	E	B	P
V	H	K	K	A	K	N	R	J	A	W	O	E	U	Q	Ç	R	I	K	T
I	A	Q	C	L	C	H	T	N	N	Z	W	N	M	U	A	U	F	N	F
E	R	U	O	Y	C	U	A	S	O	Ç	O	S	T	L	H	I	W	P	H
Z	M	U	Q	H	E	E	L	N	U	R	A	D	I	E	U	X	V	S	J
Ç	A	Z	B	O	Y	N	O	B	I	T	X	H	U	M	N	A	R	O	T
W	N	P	Q	A	G	X	F	O	N	E	N	R	Z	C	C	T	V	K	R
E	T	P	P	N	G	L	T	W	G	K	E	Z	M	N	E	I	A	O	T
E	D	Y	D	H	S	R	J	O	M	U	F	W	T	N	A	Y	A	G	E
E	A	L	L	E	G	R	E	F	X	R	K	T	S	L	E	B	Z	O	R
T	P	F	E	Y	M	U	W	A	Ç	J	Q	B	R	D	Z	O	D	C	E
L	H	M	T	C	D	J	D	Ç	B	Ç	D	I	Q	E	R	P	D	I	L
R	S	Q	R	P	Q	N	L	Ç	T	L	I	R	Y	D	J	P	H	K	L
O	M	E	U	Q	I	R	O	H	P	U	E	I	V	A	R	O	C	E	I
D	Y	N	E	D	W	U	Ç	U	R	P	S	K	M	H	W	H	U	H	U
C	R	R	A	J	U	G	I	D	F	Q	P	U	Z	P	O	O	A	I	G
C	C	B	A	J	S	A	Y	S	F	X	K	R	G	R	J	S	M	L	J
F	N	X	W	K	R	I	Q	R	C	Q	V	K	Y	N	S	A	Y	U	C
T	X	C	M	D	A	Q	M	R	Y	G	D	H	E	J	Q	M	F	N	Q

Solution page 609

Les dingueries de notre corps

47 : c'est la température en degrés Celsius la plus élevée jamais mesurée sur un être humain.

34 : c'est le pourcentage de l'augmentation du volume du larynx des fillettes entre 9 et 11 ans. Eh oui, les filles sont aussi concernées par la mue de la voix à l'approche de l'adolescence ! Mais cela s'entend tout de même bien moins nettement que pour les garçons, dont le volume du larynx augmente de **60 %**.

6 : c'est le nombre de jours durant lequel les spermatozoïdes peuvent survivre dans le corps féminin. La glaire cervicale les aide notamment à survivre en attendant la période d'ovulation. En comparaison, les spermatozoïdes meurent en seulement quelques minutes à l'air libre.

– Siri ? Pourquoi je gâche toujours tout avec les femmes ?

– Euh, moi c'est Alexa.

18 :
c’est l’âge légal en Allemagne permettant d’acheter des chocolats Mon Chéri.

Se serrer la main est-il vraiment anodin ?

C'est la manière formelle de se saluer la plus réputée en Occident. Mais au fait, comment les êtres humains ont-ils commencé à se serrer la main ?

Selon une étude sociologique israélienne menée sur 280 étudiants et étudiantes, les personnes qui se serrent la main ont inconsciemment tendance à sentir leurs doigts ou leur paume. Encore plus étonnant : ils le font plus souvent et plus longtemps lorsqu'il s'agit d'une personne du même sexe.

Les chercheurs en ont donc déduit qu'il s'agissait d'un comportement primal instinctif, que l'on peut comparer à l'habitude qu'ont les animaux de se renifler lorsqu'ils se rencontrent ! Le but serait d'obtenir de précieux renseignements sur l'état de santé, le statut social et la disponibilité sexuelle de l'individu en face de soi.

Toutefois, le fait de se serrer la main a une autre explication. Des historiens estiment que ce comportement a commencé à se répandre vers l'an 1000, porté par les codes de la chevalerie. En effet, se serrer la main droite était un signe de non-agression, car c'est traditionnellement celle-ci qui portait l'arme.

Un patron reproche à sa secrétaire de faire plein de fautes d'orthographe :

– Mais que vous arrive-t-il ? Avant, vous ne faisiez aucune faute !

– Vous n'avez qu'à remettre le chauffage !

– Mais quel rapport ?

– Vous avez déjà essayé d'utiliser un clavier avec des moufles ?

SUDOKU

FACILE

6		7			9			3
1	3	8			4			
	9		1				7	
	6	5		2			4	
		9		7		5		
	2			4		6	3	
	5				7		1	
			5			3	6	9
8			6			7		4

Solution page 613

Que fait le maître-nageur pour sauver une mouche de la noyade ?

Du mouche à mouche !

CARRÉ MAGIQUE

FACILE

Obtenez la somme de 18 sur toutes les lignes horizontales et verticales !

7		
		5
	6	10

Solution page 604

Charade

Mon **premier** ne **GAGNE PAS**,

Mon **second** peut être **CARRÉE**,

Mon **troisième** est **BIEN TÊTU**,

Mon **quatrième** montre **QUELQUE CHOSE**,

Mon **tout** est **RÉUSSITE**.

Solution : Performance (Perd-Forme-Âne-Ce)

Un vieux couple de 88 ans reçoit un couple d'amis à dîner. Les deux hommes discutent et l'hôte raconte :

– La semaine dernière, nous sommes allés dans un super restaurant. Nous y avons très bien mangé. Franchement, je vous le recommande vivement…

– Ah, très bien… merci pour le tuyau. Mais, il s'appelle comment ce restaurant ?

– Heuuuu… À mon âge, j'ai un peu la mémoire qui flanche… Comment s'appelle cette fleur rouge…vous savez, celle que l'on offre souvent aux femmes ?

– La rose ?

– Oui, c'est ça !

L'homme se retourne vers sa femme et lance :

– Rose, tu te souviens du nom du restaurant où nous avons mangé la semaine dernière ?

La minute people

- On a beau être un génie, on a parfois besoin de faire les choses à son rythme. Pour preuve : Albert Einstein n'a pas décroché un mot avant l'âge de 4 ans.

- Le boxeur George Foreman a onze enfants. Insolite : il a prénommé cinq d'entre eux… George. Au moins, difficile de se tromper !

- Saviez-vous que les tonalités de la voix humaine recouvrent environ trois octaves ? Sauf Mariah Carey : le prodigieux organe de la superstar maîtrise cinq octaves !

WAOW !!!
LA CAISSE !

Les quatre façades d'une maison sont toutes exposées plein sud.

Comment cela se fait-il ?

Solution : La maison se situe au pôle Nord.

Robert est invité chez des amis et remarque une superbe commode de style ancien. Il leur demande :

– Elle est de quelle époque ?

– De l'époque où on avait de l'argent !

Beaucoup de gens pleurent quand ils coupent un oignon.

L'astuce, c'est de ne pas créer de lien affectif avec lui.

... « TU AS UN POISSON DANS LE DOS ! »

Cette drôle de coutume de se coller un poisson dans le dos le 1er avril remonterait au XVIe siècle. À l'époque, il était admis de s'offrir des petits cadeaux le 1er avril, jour où débutait la nouvelle année. En 1564, le roi Charles IX bouleversa la vie des habitants en décidant que le calendrier commencerait dorénavant le 1er janvier. Le peuple continua par habitude de s'offrir des cadeaux le 1er avril, **« pour rire »** ! Or, ce jour correspondait également à celui de la fermeture officielle de la pêche en rivière, afin de laisser au stock de poissons le temps de se renouveler. C'est donc par pure taquinerie qu'est venue la tradition de donner aux pêcheurs privés de travail… des poissons !

MOTS CROISÉS

HORIZONTALEMENT

1. Chiffre
2. Frappant
3. Particule qui renforce parfois l'affirmation
4. Dubnium – Commune française entre Lyon et Chambéry
5. Pronom personnel
6. Lieux aménagés pour des provisions
7. Hors service – Système de détection d'intrusion
8. Ensemble de neurones – Exprime le rire

VERTICALEMENT

I. Prières araméennes
II. Adaptables
III. Arsenic
IV. Bandeaux de culte propres au judaïsme
V. Pronom indéfini – Prénom
VI. Origines
VII. Zinc
VIII. Balles à jouer en cuir

	I	II	III	IV	V	VI	VII	VIII
1								
2								
3			■		■		■	
4			■					
5			■		■		■	
6								
7			■				■	■
8		■				■		

Solution page 617

Le génie n'est pas
donné à tout le monde.
Tu auras beau le chercher
toute ta vie, tu finiras
inexorablement par
comprendre, amer,
qu'il t'est inaccessible.

Bref…
Génie, quête amère.

Le miracle de la vie, ou comment le spermatozoïde trouve l'ovule

La reproduction, c'est simple comme bonjour : le spermatozoïde de Monsieur féconde l'ovule de Madame, et le tour est joué. Oui, mais... vous êtes-vous déjà demandé comment tous deux parvenaient à se rencontrer ?

En réalité, plusieurs dizaines à plusieurs centaines de millions de spermatozoïdes sont expulsés dans le vagin féminin lors de l'éjaculation. Mais un seul d'entre eux parviendra au Graal : féconder l'ovule !
Pour cela, il est guidé par la progestérone, une hormone féminine qui influence ses mouvements et le guide vers la trompe de Fallope accueillant l'ovule.

Sur le chemin, le petit spermatozoïde n'hésite pas à faire des pauses pour se reposer et se restaurer, dans des « réservoirs spermatiques » où il est alimenté en sucre.

Lorsqu'il touche au but, il n'a plus qu'une dizaine de concurrents. Le premier qui atteint l'ovule libère des enzymes afin de détruire la barrière de protection l'entourant. Cependant, tout n'est pas joué : une mystérieuse alchimie doit se jouer entre les deux protagonistes... Si Izumo et Juno (le nom donné aux protéines mâle et femelle présentes sur les cellules) n'interagissent pas, le spermatozoïde est remercié et laisse sa place au suivant.

La magie fonctionne ? L'ovule fusionne avec le grand gagnant, éjecte 23 de ses chromosomes (sur 46) et accueille les 23 chromosomes masculins. Plus aucun spermatozoïde n'est autorisé à entrer. La grande aventure du fœtus peut commencer...

– Mon chéri, maintenant qu'on est marié, tu pourrais te débarrasser de ta collection *Star Wars*…

– C'est drôle… tu parles comme mon ex-femme.

– Ah bon ? Je ne savais pas que tu t'étais déjà marié.

– Non, non. Je ne l'ai jamais été avant toi !

LABYRINTHE

MOYEN

Questions à la con du WC BOOK

La luxation, c'est quand ça se déboîte, et la luxure, c'est quand ça s'emboîte ?

Vrai ou faux ?

Il vaut mieux manger la tomate cuite que crue.

Vrai.
Si l'on entend souvent dire que les crudités sont plus riches en vitamines que les légumes cuits, il est pourtant plus intéressant de consommer la tomate farcie au four qu'en salade. En effet, sa couleur rouge vif prouve qu'elle est gorgée de lycopène, un pigment de la famille des caroténoïdes, apprécié pour ses propriétés antioxydantes. La tomate cuite en contient trois fois plus que la tomate crue !
Si vous voulez bénéficier de tous les bienfaits anti-âge de cet aliment, vous savez donc ce qu'il vous reste à faire.

« JE CHAUSSE DU 38 »...

... Alors que votre pied ne mesure pas du tout 38 centimètres de long (prenez un mètre et essayez, vous verrez bien). En réalité, nous utilisons toujours la mesure du point de Paris, utilisée par les bottiers à l'époque où l'unité de mesure du centimètre n'existait pas ! Ainsi, un point de Paris correspond à 0,666 centimètre. Cependant, dans un avenir plus ou moins proche, peut-être que tous les pays dans le monde appliqueront la même unité de mesure pour se chausser : le Mondopoint, inventé par l'Organisation internationale de normalisation (ISO).

Je cherche des volontaires pour cueillir des cerises.

On commence très tôt le matin et on termine avant l'arrivée du propriétaire.

4 827 :
c’est la vitesse
en kilomètres/heure
à laquelle se brise
le verre et se forment
les craquelures sur
sa surface.

L'air de la montagne, ça vous gagne… Ou de la mer ?

Entre les fervents défenseurs de l'air pur de l'océan et ceux qui ne jurent que par le bol d'oxygène vivifiant de la montagne, difficile de savoir à quel saint se vouer. En réalité, ces deux écosystèmes ont du bon, selon votre état de santé et votre condition du moment.

Vous êtes enceinte ? Il vaut mieux se promener sur la plage ou le littoral, afin de profiter de l'iode produit par les algues en décomposition. Ce dernier est essentiel pour la croissance et le bon développement du cerveau de votre bébé.

Vous vous préparez à une compétition ? Direction les cimes afin de faire le plein de globules rouges ! En effet, l'oxygène raréfié en altitude oblige l'organisme à fabriquer plus d'hématies (ou globules rouges), indispensables pour être en bonne condition physique et retrouver son souffle plus facilement lors d'un effort intense.

Vous avez des problèmes respiratoires ? Une petite cure thermale devrait vous faire du bien, si possible au bord de la mer. Les gouttes chargées d'embruns contiennent des ions négatifs, bénéfiques pour vos poumons. Toutefois, pour en profiter, il ne faut pas que l'air ambiant soit trop chaud ; on opte donc plus pour la Bretagne que pour les Caraïbes…

Vous souffrez d'allergies chroniques ? Prenez le télésiège pour fuir (temporairement) vos problèmes. À plus de 1 200 mètres d'altitude, les pollens et les acariens se font beaucoup plus rares, ce qui devrait soulager votre rhinite ou votre asthme !

JEUX

SUDOKU

MOYEN

						7		1
		3			1		4	
2	1	9				5		
			1		8			7
8		7	6		5	4		9
5			7		9			
		5				1	2	6
	8		4			3		
9		6						

Solution page 613

Un évêque, un curé et une bonne sœur font un voyage ensemble dans le TGV.
Alors qu'ils lisent tous les trois le dernier numéro de *La Croix*, l'évêque leur dit :
– Puisque nous avons tous le même journal, si nous faisions un concours de mots croisés ?
Les trois se mettent à l'ouvrage et, au bout de 20 minutes, l'évêque s'écrie :
– Je crains pour vous d'en avoir terminé. J'ai donc gagné.
La sœur, deux minutes plus tard :
– J'ai terminé aussi !
Vingt minutes plus tard, le curé est toujours bloqué et l'évêque décide alors de l'aider :
– Mais, qu'est-ce qui vous bloque ?
– Le 5 horizontal… j'ai bien la 2e lettre, le O ; la 3e, le U ; la 4e, le I ; ensuite le L, L, E et S… mais je ne vois pas du tout. J'hésite entre houilles, mouilles ou bouilles, je ne vois pas du tout.
L'évêque lui dit :
– Voyons, c'est facile. La définition : se vident quand le coup est tiré. Ce sont les douilles bien sûr !
Et la sœur, un peu gênée :
– Auriez-vous une gomme ?

– Je voudrais te ramener chez moi et te faire l’amour.

– Eh ! Ça va pas, non ? Je ne suis pas une pute !

– Cool. J’ai plus un rond…

Ci-gît
JACK ANDERSON
inventeur
de la machine à
remonter le temps
2067 - 1986
AH

1845 :
c'est la dernière date connue en France où un animal a été jugé devant un tribunal (il s'agissait d'un chien). Lors des siècles précédents, les procès d'animaux étaient chose courante : on pouvait condamner à mort un âne ou un bœuf pour avoir blessé un être humain, par exemple.

Le RH de l'entreprise :
– Pour ce poste qui demande beaucoup d'humour, nous avons besoin de quelqu'un qui parle anglais. Est-ce votre cas ?
– Yes, I mention this in my CV.
– I saw this.
– De Strasbourg.
– Embauché !

Pourquoi les nouveaux films sortent le mercredi au cinéma ?

C'est une décision qui a été prise en 1972 par les distributeurs, pour correspondre au jour où les écoliers n'allaient pas en classe ! Avant cela, le jour de sortie des films a été décalé plusieurs fois. Jusque 1936, il était instauré le vendredi, afin de s'assurer que les salles soient pleines lors du jour de repos dominical. Avec l'instauration de la semaine de cinq jours en 1936, il est passé au jeudi, pour que les salles de cinéma aient le temps de se préparer à la ruée du week-end. En 1937, les distributeurs s'accordent finalement sur le mercredi... avant de repasser au jeudi en 1945, pour coller avec le jour de repos des élèves ! Aujourd'hui, cela fait maintenant plus de 50 ans que les blockbusters et films d'auteur sont dévoilés le mercredi.

CARRÉ MAGIQUE

MOYEN

Obtenez la somme de **135** sur toutes les lignes horizontales et verticales !

	37	11	24	28	
8	39	7			25
	5		31	23	27
40	32	9	22		
35			17	21	16
33		38	15	19	20

Solution page 604

MOTS MÊLÉS

Villes américaines

Saurez-vous retrouver chacun des mots cachés dans ce tableau ?

Les mots peuvent être écrits horizontalement, verticalement, en diagonale ou à l'envers.

Mots à trouver :

1) ATLANTA
2) AURORA
3) AUSTIN
4) BALTIMORE
5) BOSTON
6) CHARLOTTE
7) CHICAGO
8) DALLAS
9) DENVER
10) DETROIT
11) HOUSTON
12) INDIANAPOLIS
13) JACKSONVILLE
14) LOUISVILLE
15) MEMPHIS
16) MESA
17) MIAMI
18) NASHVILLE
19) OMAHA
20) PHILADELPHIE
21) SEATTLE
22) TAMPA
23) WASHINGTON

JEUX

V	G	S	N	B	Y	W	W	A	A	U	R	O	R	A	Ç	X	X	P	Q
A	P	M	O	Y	P	P	D	A	U	S	T	I	N	I	R	Z	P	C	E
U	Ç	E	T	T	O	L	R	A	H	C	N	S	N	M	F	E	O	R	Z
J	E	F	S	S	E	N	O	T	G	N	I	H	S	A	W	S	O	D	N
K	A	X	O	P	Z	F	L	D	T	I	O	R	T	E	D	M	K	C	V
T	H	C	B	W	P	H	I	L	A	D	E	L	P	H	I	E	W	X	Y
B	Ç	C	K	K	N	F	P	F	C	L	Y	G	I	T	L	D	W	N	A
W	O	X	S	S	A	M	Y	O	N	M	I	I	L	S	Y	C	G	A	S
N	E	X	D	P	O	T	H	P	G	S	E	A	T	T	L	E	S	S	R
S	A	L	L	A	D	N	L	K	H	V	B	Y	J	V	H	A	E	H	S
P	W	Ç	L	D	S	W	V	A	L	P	W	P	L	W	Y	Z	K	V	Y
E	K	I	A	I	R	M	D	I	N	D	I	A	N	A	P	O	L	I	S
Y	N	M	F	Ç	V	X	I	J	L	T	C	H	I	C	A	G	O	L	L
Z	M	O	E	B	E	S	C	A	W	L	A	Ç	N	R	Y	C	T	L	Y
Q	E	J	T	M	D	I	I	N	M	Ç	E	H	O	S	H	N	F	E	Y
D	S	C	K	S	P	E	J	U	P	I	Q	N	M	A	P	M	A	T	R
N	A	Ç	F	K	U	H	N	G	O	X	M	Q	A	U	X	B	O	W	M
Z	J	P	U	I	J	O	I	V	L	L	M	I	H	J	U	Ç	Y	J	H
M	T	T	P	C	V	B	H	S	E	R	S	X	A	G	A	L	Ç	N	Ç
J	Q	D	Q	B	X	Ç	Ç	B	S	R	C	H	G	M	I	N	P	D	Z

Solution page 610

Enigmes

Pierre est le fils
de Jacqueline.
Jean est le frère
de Pierre.
Jacqueline est la fille
de Pascal.

Qui est le grand-père de Jean ?

Solution : Pascal est le grand-père de Jean.

En France, on dénombre environ 3 % d'enfants surdoués.

Mais ça peut monter jusqu'à 98 % chez les enfants de collègues de boulot.

Heureusement
que tout le monde
ne réussit pas sa
vie, sinon qui nous
livrerait quand
on a la flemme
de cuisiner ?

Le petit Gaspar rentre
de l'école. Sa maman regarde
son carnet et commence
à crier :
– Quoi ? Des zéros partout !
Quelle excuse vas-tu
encore me donner !
– En fait, j'hésite entre l'hérédité
et l'environnement familial…

Comment éviter d'avoir des flatulences odorantes ?

Un sujet sensible chez de nombreux couples, avouons-le… Pour ne plus voir votre conjoint(e) froncer le nez, une seule solution : adaptez votre régime alimentaire (et consultez un médecin si vos flatulences sont vraiment trop fréquentes). Il est conseillé de limiter la viande, les œufs et les produits laitiers, dont les protéines sont difficiles à digérer par le gros intestin et produisent du sulfure d'hydrogène ; d'où la mauvaise odeur des pets… À la place, faites le plein de légumes, de céréales, de pommes de terre et de bananes !

Pour se connecter au WiFi du TGV, il faut entrer ton numéro de réservation.

Ce doit être pour éviter que quelqu'un coure très vite à côté du TGV pour profiter du WiFi sans payer un billet de train !

Deux potes discutent
au boulot :
– Tu fais quoi, toi,
le vendredi soir ?
– Je sors boire
quelques bières…
– Et après ?
– Après, c'est déjà lundi…

49,5 :
c'est la pointure du
judoka Teddy Riner.
Parmi ses autres
impressionnantes
mensurations,
il mesure **2,04** mètres,
pèse **130** kilos et
a un tour de poitrine
d'**120** centimètres.

Humour

Dans la famille Petiot, tout le monde adore les blagues. À tel point qu'ils ont classé toutes celles qu'ils connaissaient par numéro et qu'il suffit maintenant de citer le numéro pour que tout le monde éclate de rire, comprenant immédiatement de quelle blague il s'agit.

Un soir, le père, Pascal lance :

– 38.

Et tout le monde s'esclaffe.

Puis le tour de la mère Tetiana :

– 14.

Tout le monde se tord de rire.

Puis vient Danielle, la grand-mère :

– 76.

Il n'en peuvent plus !

Alors, le petit dernier, Gaspar, s'y met :

– 26.

Grand silence. Personne ne rit.

Son frère, Léon, le regarde et lui dit :

– Arrête, tu les racontes mal !

L'incroyable influence des Babyloniens sur notre vie

Une journée dure 24 heures et une heure 60 minutes ; vous ne vous posez pas de questions, c'est comme ça et puis c'est tout. Et si l'on vous disait que la civilisation babylonienne, qui prospéra du IIe millénaire av. J.-C. jusqu'au début de notre ère, est à l'origine de ces fondements de notre existence ?

En effet, ce peuple comptait sur ses doigts en incluant chacune des trois phalanges, sans compter le pouce. Cela faisait 12 périodes (4 doigts x 3 phalanges) : 12 heures pour comptabiliser le passage du jour et 12 autres pour celui de la nuit.

De plus, les Babyloniens ne comptaient pas de 10 en 10, mais de 60 en 60 ! Voilà pourquoi il leur a semblé logique de découper chaque minute en 60 secondes.

L'INCROYABLE DESTIN DE L'INVENTEUR DU SAXOPHONE

En 1841, Adolphe Sax entre dans l'histoire de la musique lors de l'Exposition industrielle de Bruxelles où il présente pour la première fois au public le chef-d'œuvre de sa vie : le saxophone. Les mélomanes ont pourtant eu bien de la chance de voir cet inventeur de génie arriver à l'âge adulte, car Adolphe Sax a eu une enfance parsemée d'embûches !

Né en 1814 à Dinant, en Belgique, l'aîné d'une fratrie de 11 enfants cause de nombreux tracas à ses parents, et ce, dès son plus jeune âge. En effet, dès l'âge de 3 ans, il s'ouvre le crâne en chutant dans les escaliers, puis manque de trouver la mort en avalant une épingle acérée. Quelques mois plus tard, il tombe dans les braises utilisées par sa mère pour cuisiner et s'en tire avec une vilaine brûlure. Âgé de 11 ans, le jeune Adolphe se cogne la tête et tombe inconscient dans la rivière… Par chance, un paysan aperçoit son corps flottant sur les eaux et vole à sa rescousse.

« C'est un enfant condamné au malheur, il ne vivra pas », aurait assené sa mère. Pourtant, Alphonse Sax parvient miraculeusement à l'âge adulte, en ayant survécu entretemps à deux intoxications à des produits hautement toxiques. Venu vivre à Paris, il est soufflé par l'explosion d'un conteneur de poudre à canon qui le projette à près de 20 mètres. « Comment est-il encore en vie ? Personne ne le sait », se serait exclamé un sauveteur sur les lieux de l'accident.

INCROYABLE MAIS VRAI !

En parallèle de toutes ces misères, Alphonse Sax est un jeune homme aussi créatif qu'ingénieux. Il crée des designs de clarinettes et de flûtes innovants et imagine un tout nouveau modèle d'orgue. Toutefois, le saxophone est incontestablement sa plus belle invention… Une invention qui lui vaudra la jalousie de nombreuses personnes. Un assassin est même commandité pour assassiner Alphonse Sax, mais il se trompe et élimine son malheureux assistant.

Malgré de nombreuses déconvenues professionnelles et financières, le génie d'Alphonse Sax finit par être reconnu par le compositeur et chef d'orchestre Hector Berlioz, qui l'introduit dans son cercle de connaissances. L'inventeur continue à braver le destin : en 1851, des soldats aperçoivent son instrument de musique par la fenêtre et pensent qu'il s'agit d'une arme braquée sur eux. Par chance, l'officier le reconnaît au dernier moment et s'écrie : « Mille pardons, Monsieur. Messieurs, voici le génie qui inventa le saxophone. Garde à vous ! »

Devenu professeur au Conservatoire de Paris, Alphonse Sax semble enfin avoir déjoué le mauvais sort. Cependant, il est victime d'une sévère tumeur à la lèvre, qui l'oblige à se nourrir grâce à un tube. Mais alors que les médecins recommandent de l'amputer de la mâchoire inférieure, Alphonse Sax préfère suivre les conseils d'un guérisseur indien. Selon la légende, c'est une mystérieuse « décoction de plantes » qui le sauve…

Il décédera finalement à 79 ans, avancé pour l'époque, très affaibli par une pneumonie.

Les chiffres fous des effets de la musique sur notre corps

20 : c'est l'augmentation maximale, en pourcentage, de la dopamine dans le corps lorsque l'on écoute un morceau que l'on aime (en moyenne 6 à 9 %).

5 : c'est le pourcentage de la population pouvant ressentir un véritable frisson musical. L'anticipation du plaisir ressenti lors de l'écoute et l'instant T provoquent une décharge de dopamine dans l'organisme, comparable à la consommation de drogue !

50 : le nombre de pulsations par minute d'une chanson jugée apaisante pour notre organisme. L'écoute provoque alors une véritable détente physique et psychologique.

130 : le nombre minimal de pulsations par minute d'une chanson stimulante pour notre corps. En battant la mesure en rythme, notre respiration s'accélère, notre cœur se met au diapason et nos ondes cérébrales se réorganisent !

SUDOKU

DIFFICILE

3						9		
	8		9	1	2			
		1		5				8
	1		8				5	
	2	7				8	9	
	6				4		2	
6				4		7		
			1	6	3		4	
		2						5

Solution page 613

Robert et Danielle
se rendent chez le médecin.
Robert est complètement
dépressif.
Le docteur, après
la consultation :
– Monsieur, vous avez
besoin de calme… beaucoup
de calme. Je rédige une
ordonnance avec des calmants.
Votre femme devra en prendre
un matin, midi et soir !

JE ME VOIS BIEN JOUER DANS UN FILM PORNO...
UN COURT-MÉTRAGE ALORS !

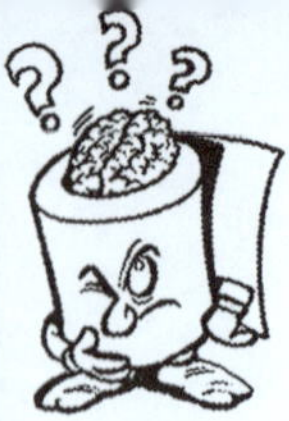

QUIZ

Quel est le nom de la femelle du lièvre ?

a. La rate
b. La hase
c. La laie
d. La serine

Solution : b. La hase

À votre avis, de quoi allez-vous mourir ?

Difficile à deviner, car tout dépend de votre bagage génétique, de vos habitudes de vie, de votre environnement… et de votre chance. Cependant, les statistiques françaises peuvent vous donner des probabilités selon votre sexe :

Si vous êtes une femme, vous avez 26 % de risques de décéder d'une maladie cardiovasculaire (dont les infarctus et les AVC), 24,5 % de succomber à un cancer (surtout du sein) et 8 % d'être victime d'une maladie du système nerveux (Parkinson, sclérose en plaques, méningite…).

Si vous êtes un homme, vous êtes 33 % à être guettés par les ravages du cancer (surtout du larynx, de la trachée, des bronches et des poumons) et 23 % à risquer une maladie cardiovasculaire (dont les infarctus et AVC). De plus, 8 % des hommes devraient subir une mort violente (accident, suicide…).

Qu'a fait Christophe Colomb après avoir posé le pied en Amérique ?

Il a posé l'autre pied.

Qu'est-ce qu'un oiseau avec un Justin Bridou dans le bec ?

Une hirondelle de saucisson.

LABYRINTHE

DIFFICILE

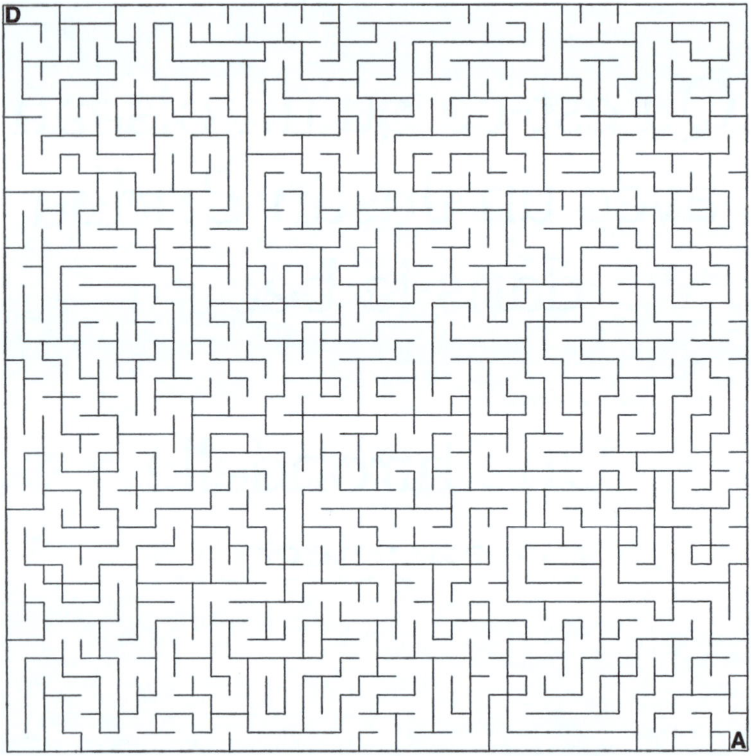

Germaine, 98 ans, vit toute seule dans son modeste appartement avec son perroquet, particulièrement éveillé. Un jour, la vieille Germaine s'effondre dans le salon, victime d'un infarctus. Alors, immédiatement, le perroquet ouvre le loquet de sa cage avec son bec, vole vers le téléphone, réussit à la décrocher avec ses pattes et compose le 15 avec son bec. À l'autre bout du fil, une voix dit :

– Ici le Samu, je vous écoute.

Et le perroquet sort :

– Il est beau Coco ! Il est beau !

97 % :

c'est le taux de billets de banque américains qui contiendraient… des traces de cocaïne.

Gérard rentre dans une animalerie afin de trouver un animal de compagnie. Il tourne en rond, hésite devant les cages de divers animaux et, d'un coup, il aperçoit un perroquet qui l'interpelle en lui disant :
– Hey ! Viens par ici !
L'homme s'approche et lui dit :
– Mais tu parles, toi ?
– Oui, je parle de tout, et je parle aussi plusieurs langues.
Gérard regarde le perroquet et il voit qu'il n'a pas de pattes :
– Mais tu n'as pas de pattes ? Comment fais-tu pour tenir sur ton perchoir ?
– Ben, je suis né sans pattes. Je tiens avec mon petit zizi mais, tu ne le vois pas… il est caché par mes plumes.
– Très bien ! Je t'achète et j'espère que tu seras un bon compagnon.
Un mois passe sans problème avec le perroquet, puis un soir, en rentrant du travail, le perroquet appelle Gérard en lui disant doucement :
– Psssst… Viens voir ici…
L'homme rentre dans le salon et voit que le perchoir est vide :
– Mais tu es où ?
– Là ! En dessous du canapé.
– Mais qu'est-ce que tu fais là ?
– Écoute, ce matin, ta femme……
– Bah quoi ma femme ?
– Ben, elle a laissé entrer le facteur et elle était habillée en robe de nuit…
– Et après ?
– Ben, il l'a déshabillée, puis il l'a allongée sur la table…
– Et ensuite ??
– Il l'a embrassée sur tout le corps en partant du cou jusqu'à son entrejambe…
– ET APRÈS ?? TU VAS ME DIRE ENFIN CE QU'IL Y A EU ??
– Après ? Je ne sais pas. J'ai commencé à bander et puis je suis tombé…

Vrai ou faux ?

On peut mourir d'être trop chatouillé.

Faux.

Évidemment, personne n'est jamais mort après avoir subi d'intenses « guilis-guilis ». Cependant, ceux qui y sont très sensibles peuvent tout de même s'évanouir si la séance de chatouilles dure trop longtemps. En effet, le fait de rire est un procédé de défense de notre cerveau, qui anticipe une sensation de douleur qui pourrait survenir. Les bourreaux de la dynastie Han, en Chine impériale, le savaient bien : ils avaient l'autorisation d'utiliser les chatouilles comme technique de torture sur les nobles jugés coupables... On vous l'accorde, il y a pire comme punition.

La constipation,
c’est comme
la moustache.
Ça vous change
le visage !

Le tourisme est une industrie qui consiste à emmener des gens qui seraient mieux chez eux dans des endroits qui seraient mieux sans eux.

CARRÉ MAGIQUE

DIFFICILE

Obtenez la somme de **284** sur toutes les lignes horizontales et verticales !

4	59		65	36	27		33
18	13	56	55	34	45	40	
57	6	67	12			51	28
	16	53	58	31	32	37	
63		5	10	47		21	26
9	54			41	22	35	44
66		8	7	50	29		39
	11	62		20	43	30	49

Solution page 604

Marina plante un arbre exotique dans son jardin. À sa voisine qui lui demande la taille de l'arbre, elle répond : « Il mesure 30 cm, plus la moitié de sa propre hauteur. »

Combien mesure l'arbre ?

Solution : L'arbre mesure 60 cm (30 cm + la moitié de 60 cm, soit 30 cm).

La minute people

- L'icône mondiale du rock **Elvis Presley** n'a jamais mis les pieds au Royaume-Uni, terre de musique… Enfin si, une fois : lors d'une escale à Glasgow (Écosse), il a signé quelques autographes… sans quitter l'aéroport.

- Toujours en parlant d'**Elvis Presley**, l'artiste n'était pas du genre à céder aux demandes de ses fans. Il a toujours refusé de faire le moindre rappel lors de ses concerts !

- L'actrice **Penélope Cruz** a besoin de nombreuses robes pour ses apparitions en public et lors des soirées mondaines. Cela va de pair avec un (très) grand dressing : la belle Espagnole a avoué avoir plus de 500 cintres dans ses placards… Pas très pratique pour mettre la main rapidement sur sa tenue favorite !

J'ai vraiment failli
être de bonne
humeur aujourd'hui !
Ça s'est joué à
un con près !

999 :

c’est le bilan en dollars des recettes du film *United Passions*, sorti en 2014 dans les salles obscures américaines. Visiblement, le long-métrage sur l’histoire de la création de la Fifa n’a pas attiré les foules.

Tu te crois malin ?

Conjugue le verbe frire à l'imparfait pour te calmer.

CHEZ LE GYNÉCOLOGUE...

MOTS MÊLÉS

Villes en Afrique

Saurez-vous retrouver chacun des mots cachés dans ce tableau ?

Les mots peuvent être écrits horizontalement, verticalement, en diagonale ou à l'envers.

Mots à trouver :

1) ACCRA
2) ALEXANDRIE
3) ALGER
4) ASMARA
5) BAMAKO
6) BANGUI
7) BANJUL
8) BLOEMFONTEIN
9) CASABLANCA
10) CONAKRY
11) DAKAR
12) DOUALA
13) DURBAN
14) HARARE
15) JOHANNESBOURG
16) KAMPALA
17) KHARTOUM
18) KIGALI
19) KINSHASA
20) LAGOS
21) LUANDA
22) NAIROBI
23) RABAT
24) TUNIS

JEUX

K	Ç	F	H	J	B	H	M	W	Ç	X	S	O	G	A	L	L	F	M	G
E	H	Ç	C	R	E	A	L	A	P	M	A	K	N	N	Z	W	Y	R	R
L	Q	A	G	A	C	N	A	L	B	A	S	A	C	Ç	K	Q	U	U	Q
Q	L	X	R	D	J	Ç	O	P	H	D	L	B	L	E	P	O	P	B	M
O	B	B	U	T	H	Y	J	A	L	L	B	E	C	G	B	Y	K	H	A
Q	Z	C	L	W	O	W	A	P	X	U	Q	L	X	S	E	L	K	X	G
T	U	D	T	O	R	U	W	Y	U	Q	J	T	E	A	F	R	S	K	F
E	A	K	U	F	E	Ç	M	Ç	O	L	R	N	Ç	B	N	C	W	F	Y
D	R	B	Q	R	J	M	B	C	I	V	N	N	A	U	Y	D	D	X	B
N	Z	A	A	V	B	I	F	X	Y	A	A	S	O	B	V	A	R	K	X
G	A	E	R	R	B	A	O	O	H	V	M	A	B	O	K	R	A	I	L
U	X	I	A	A	Z	C	N	O	N	A	D	C	R	A	K	H	W	N	E
I	I	O	R	D	H	M	J	U	R	T	S	A	R	C	P	A	X	S	K
O	T	D	Z	O	N	X	R	A	T	S	E	D	E	B	C	E	M	H	Y
V	V	P	K	L	B	A	B	A	N	G	U	I	J	G	V	A	Ç	A	E
L	B	E	Ç	W	L	I	U	C	B	R	S	P	N	B	I	K	Q	S	B
J	M	S	S	A	Y	V	V	L	B	C	O	N	A	K	R	Y	Ç	A	W
Q	J	V	U	I	C	J	K	X	U	B	P	X	A	T	U	N	I	S	I
J	K	O	F	P	A	T	E	O	H	H	V	X	X	U	X	L	D	Y	V
N	D	N	O	B	J	T	I	L	A	G	I	K	I	Q	I	K	D	K	Z

Solution page 610

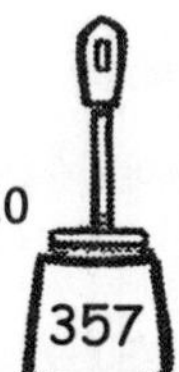

JEUX

SUDOKU

FACILE

				1		8		
8			3		6	7	2	
5			2		7			
7		4	6				5	
	5	8		3		4	6	
	3				4	2		8
			9		3			2
	9	6	5		2			1
		5		4				

Solution page 613

Trois cigognes se rencontrent.
Elles demandent les unes aux autres :
– Tu vas où ?
– Oh… je vais chez un couple qui essaie d'avoir un enfant depuis dix ans… je leur apporte une petite fille.
– C'est cool !
– Et toi ?
– Je vais chez une dame qui n'a jamais eu d'enfants. Je lui apporte un garçon.
– Top ! Je suis sûre qu'elle va être très heureuse.
– Et toi ? demandent les deux premières à la troisième cigogne.
– Moi ? Je vais juste là, à côté, au couvent. Je ne leur apporte rien, mais j'adore leur foutre la trouille.

Pourquoi pose-t-on d'abord le talon lorsqu'on marche ?

La question est légitime, étant donné que nous sommes les seuls mammifères à nous déplacer de la sorte. D'après l'étude menée par un anthropologue américain, cette démarche bien spécifique nous permet d'économiser 10 % d'énergie ! En effet, partir du talon situe le point de pivot de la jambe… sous terre, ce qui allonge virtuellement notre membre de 15 centimètres. Par contre, lorsque l'être humain court, il se place sur la pointe des pieds comme tous les autres mammifères. Pas d'économie d'énergie requise, le but est de fuir le plus vite possible.

Qui prête à rire n'est jamais sûr d'être remboursé.

Quand une voyelle
suit une consonne,
on fait la liaison
sauf pour « l'habit
à papa » et « l'achat
à maman » !

– Waouh !
T'es vachement
mieux sans lunettes,
tu sais ?

– Mais, je n'en porte
jamais.

– Moi, si…

– Maman, je peux avoir la dernière crêpe ?
– S'il… ?
– S'il te plaît !
– Tes devoirs ?
– Faits.
– Lavé ?
– Oui.
– La préfecture de la Creuse ?
– …
– Dommage !

Les pires erreurs de tournage des films célèbres

Certains vouent leur vie à les traquer et à les afficher glorieusement sur Internet… Il faut dire que les tournages de long-métrages sont susceptibles d'entraîner leur lot de faux raccords, qui ne sont pas toujours repérés par l'équipe lors du montage.

Parmi les exemples les plus connus, citons Luke Skywalker dans *La Guerre des étoiles*, qui tient un verre dans sa main gauche… et l'instant d'après dans sa main droite… et encore plus tard de nouveau dans sa main gauche. On l'aura compris, la scène a été tournée en plusieurs fois et ce détail est passé à la trappe !

Autre exemple assez amusant : on peut voir des belles traces de roues de tracteur sur un chemin de terre dans *Gladiateur*. De nombreuses erreurs sont également présentes dans *Indiana Jones et la Dernière croisade*, comme la caméra qui se reflète dans une vitre ou la barbe d'Indiana Jones qui apparaît débraillée, et la seconde d'après bien coiffée.

Plus récemment, une gaffe a provoqué l'amusement des fans de la série *Game of Thrones*. Dans l'épisode 4 de la saison 8, Daenerys est tout bonnement assise face… à un gobelet de café Starbucks ! Ce buzz involontaire aurait généré 2,3 milliards de dollars en publicité à la chaîne américaine…

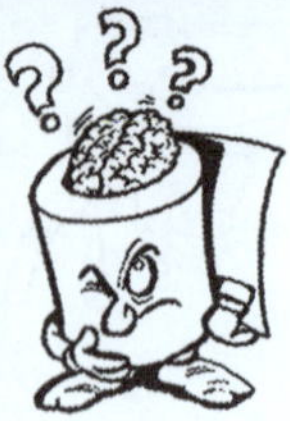

QUIZ

Qui a reçu un prix Nobel de physique, et huit ans plus tard, un Nobel de chimie ?

a. Enrico Fermi
b. Joseph John Thomson
c. Marie Curie
d. Werner Heisenberg

Solution : c. Marie Curie

J'ai voulu donner
du sang aujourd'hui...
PLUS JAMAIS !
Trop de questions
stupides :
– C'est le sang de qui ?
– Où est-ce que vous
l'avez pris ?
– Pourquoi est-il dans
un seau ?

JEUX

MOTS CROISÉS

HORIZONTALEMENT

1. Enfonçassent des pavés
2. Pisserai
3. Symbole de la mole – Radon
4. Indium – Échappa
5. Diode électroluminescente – Le prénom de Pacino
6. Groupe américain de rock
7. Plantes aquatiques d'Amérique du Nord
8. Coupés à ras – Thallium

VERTICALEMENT

I. Abaisser
II. Principe odorant du rhizome de l'iris utilisé en parfumerie – Capitale en Amérique
III. Plante à odeur forte – Produits qui diminuent les odeurs
IV. Étain – Commune française en région Occitanie
V. États de dépendance
VI. Erbium – Présenté
VII. Plante aromatique originaire de l'Inde – Direction
VIII. Prénom

	I	II	III	IV	V	VI	VII	VIII
1								
2								
3				■		■		
4			■					
5				■			■	■
6		■						
7								■
8						■		

Solution page 617

– Tu ressembles
à une statue
grecque.
– Mon corps sculpté ?
– Ton petit zizi.

La tourterelle, c'est un pigeon sans alcool ?

Le saviez-vous ?

Savoir se comporter lors d'un décès : petit guide du XIXe siècle

Un deuil est toujours une épreuve très douloureuse pour les proches de la personne disparue. Pour ceux qui sont un peu moins proches, il peut être difficile de savoir exactement que dire ou que faire pour montrer leur soutien, sans se montrer inconvenant…
Les choses étaient beaucoup plus simples au XIXe siècle avec le livre *Savoir-faire et savoir-vivre dans les différentes circonstances de la vie* qui codifiait précisément la présentation des condoléances !

À titre d'exemple, il était d'usage de faire une visite de courtoisie dans la maison familiale, où était exposé le corps. Par contre, pas question d'évoquer nommément le défunt et obligation de parler à voix basse… Lors du convoi funéraire, il était défendu de discuter avec son voisin et de traverser de part en part le cortège. Le choix des fleurs pour la tombe était également très orienté : des fleurs blanches pour les enfants et les jeunes filles, des fleurs violettes pour les hommes mûrs… Enfin, il était commun à l'époque d'envoyer un faire-part de décès, auquel on répondait par un message sobre du type : « X envoie à X l'expression de sa douloureuse sympathie ».

Bien sûr, de nos jours, ces conseils ne sont plus tous d'actualité et peuvent parfois sembler étranges !

Chez moi,
la grossesse arrive
après l'accouchement,
le futur vient avant
le passé, et la mort
avant la vie.

Que suis-je ?

Solution : le dictionnaire.

Charade

Mon **premier** est **AVANT RÉ**,

Mon **second** peut être **BONNE**,

Mon **troisième** est une **CRIQUE**,

Mon **tout** dicte la **LOI**.

Solution : Dominance (Do-Mine-Anse)

Richard rédige une lettre pendant sa pause déjeuner.

– À qui écris-tu ? lui demande son collègue Alain.

– À ma femme, elle est en vacances…

– Et c'est toi qui lui écris ?

– Oui. Elle m'a dit que si je ne lui écrivais pas tous les jours, elle rentrait immédiatement !

30 :
c'est la probabilité,
en pourcentage, qu'ont les
Latinos de mourir de maladie.
En effet, d'après une grande
étude menée sur sept groupes
ethniques, leur patrimoine
génétique est meilleur
et leurs cellules vieillissent
plus lentement !

PÉDICURE

Cynthia, la cagole, annonce à Nouria, sa collègue de bureau :

– Je vais chez le dentiste… on se retrouve après pour manger ensemble ?

– Oui. On va au Café de la mairie sur le vieux port ou à celui d'en face, au Bar de la marine ?

– Au Café de la mairie, ok. Vers 12 h 30 ?

– D'accord ! À tout à l'heure et, franchement, bon courage pour le dentiste !

À 12 h 30, Nouria attend toujours Cynthia au Café de la mairie. Une demi-heure plus tard, elle n'est toujours pas là. À 13 heures, ne la voyant toujours pas arriver, elle décide de manger sans elle. À 14 heures, elle revient au bureau et voit sa collègue Cynthia qui a déjà repris le travail.

– Ben alors ? Tu as oublié notre rendez-vous ?

– Heu, non… mais le dentiste m'a dit de manger de l'autre côté…

LABYRINTHE

FACILE

– Ma femme a passé son permis de conduire aujourd'hui…

– Et le résultat ?

– Elle a pris 8 sur 10.

– Et donc ?

– Il y en 2 qui ont réussi à se sauver de justesse !

SUDOKU

MOYEN

3		5				1	9	
				9		5		3
			5		3		8	
		3		4		6	7	2
2								9
1	9	4		6		8		
	8		1		4			
6		2		7				
	3	1				2		8

Solution page 613

Humour

Lindsay, une Anglaise, et Bernard, un Français, viennent de se marier.
La femme ne parle pas très bien français donc, au petit matin, Bernard lui propose :
– Ma chérie, je vais te donner un mot. Tu devras me faire une phrase avec et tu me la diras ce soir !
Lindsay lui répond :
– Ok ! Ok !
– Alors, aujourd'hui, ce sera soleil !
– Ok !
– Le soir, Bernard revient chez eux et lui dit :
– Alors, tu as trouvé ?
– Oui ! Aujourd'hui, il faisait chaud car il y a du soleil !
– Très bien chérie ! On refait ça demain.
Le lendemain, Bernard dit à sa femme :
– Le mot, ce sera mouton !
Le soir venu, il rentre et demande :
– Alors, tu as trouvé chérie ?
– Oh non ! C'est trop compliqué !
– Bon, je te laisse deux jours alors !
Le soir même, le couple fait l'amour et, en pleine action, Lindsay s'écrie :
– Chéri, chéri ! J'ai trouvé la phrase avec mouton !
– Ah oui, super... et c'est quoi cette phrase ?
– Il est mouton bite !

CARRÉ MAGIQUE

FACILE

Obtenez la somme de 42 sur toutes les lignes horizontales et verticales !

3	10	13	
	15		9
8		18	
17			6

Solution page 605

Le saviez-vous ?

Chaque émotion est liée à une hormone... saurez-vous trouver laquelle ?

Vous le savez probablement, les glandes endocrines situées dans notre cerveau sont chargées de réguler nos hormones, augmentant ou ralentissant leur production selon de nombreux critères. À votre avis, quelle hormone est associée à quelle émotion ?

– La dopamine
– L'adrénaline
– L'endorphine
– L'ocytocine
– Le cortisol

- **La dopamine**, c'est l'hormone de la joie ! Elle entraîne de l'excitation devant la nouveauté et de la motivation pour se mettre en action. Envie de danser ? De faire l'amour ? D'inventer une chanson amusante ? Vous êtes sûrement sous l'effet de la dopamine.

- **L'adrénaline** est l'hormone de l'urgence. Lorsque vous anticipez une situation stressante ou une compétition, votre corps se prépare en conséquence. Grâce à l'adrénaline, votre débit cardiaque augmente, votre transit intestinal ralentit, vos réserves de sucre sont libérées et les vaisseaux sont resserrés pour limiter la perte de sang… Vous êtes prêt à vous battre ou à fuir !

Le saviez-vous ?

- **L'endorphine** est l'hormone du bien-être. Très agréable, elle a pour fonction de réduire la douleur causée par une blessure physique ou psychique. Elle est présente dans votre corps après une séance de sport très intense par exemple, pour aider votre organisme à bien récupérer.

- **L'ocytocine** est l'hormone de l'attachement. L'amour que vous ressentez pour votre partenaire, les membres de votre famille, vos enfants et vos amis… c'est grâce à elle ! L'existence de cette hormone montre que nous sommes des êtres sociaux, sujets à l'empathie, à la confiance et à la communication.

- **Le cortisol**, quant à lui, est l'hormone du stress. Sa fonction est de réguler les réactions inflammatoires du corps lorsqu'il est trop souvent soumis aux effets de l'adrénaline. Malheureusement, sur le long terme, sa propagation dans l'organisme provoque des tensions désagréables…

INCROYABLE MAIS VRAI !

LA SURPRENANTE HISTOIRE DE LA CHANSON « LILI MARLEEN »

Si vous êtes mélomane, vous connaissez forcément le titre « Lili Marleen », interprété par la chanteuse allemande Marlène Dietrich. Les cinéphiles ont peut-être même vu le film du même nom, réalisé par Rainer Werner Fassbinder. Il faut dire que l'origine du succès de cette chanson est pour le moins inattendue !

Le titre original, chanté par l'allemande Lale Andersen, est sorti en 1938. Or, il fait un flop complet, avec seulement 700 ventes du disque. Mais, en 1941, la Seconde Guerre mondiale change la donne… Les Alliés bombardent le siège de Radio Belgrade, détruisant tous les 78-tours. Les Nazis se retrouvent contraints d'écouter en boucle un des seuls disques survivants : « Lili Marleen » !

Étonnamment, le charme opère : les soldats allemands deviennent des aficionados de ce poème d'amour chanté. Les Alliés l'apprécient également, à tel point qu'il se dit que la bataille de Tobrouk (Lybie) est stoppée lorsque des haut-parleurs diffusent « Lili Marleen ». Quoi de plus poétique qu'une pause musicale entre deux bombes…

En 1944, Marlène Dietrich reprendra le titre à sa façon, le faisant entrer au panthéon des chansons les plus connues d'Allemagne et même d'Europe.

– Il est mort dans l'indifférence générale.

– Qui ça ?

– Je sais plus.

Quelle est la différence entre une maîtresse, une fiancée et ta femme ?
Après un orgasme, la première dit :
– Tu as été très bon !
La deuxième :
– Je t'aime.
Et la troisième :
– Beige… je verrais bien le plafond couleur beige.

6 000 :
c'est le nombre
de tonnes de plomb
disséminées dans la
nature chaque année
par les balles perdues
des chasseurs...

Mon coloc dit que
la maison est hantée.

Je vis là depuis
350 ans et je n'ai
jamais rien remarqué
d'étrange.

Avant, tout
était mieux !!

Il y a une heure,
par exemple, je
dormais encore.

Pour votre santé,
pratiquez le
« fouting ».

C'est comme un
footing, mais on reste
assis et on se fout de
ceux qui courent…

Julie, est-ce que tu crois que je peux t'inviter à sortir ?

– Oh oui ! Évidemment !

– Tu peux sortir s'il te plaît ? Merci.

Pourquoi les abeilles sont-elles si précieuses ?

Depuis quelques années, on parle beaucoup de l'extinction des abeilles. Les pesticides et les pratiques agricoles intensives bouleversent ces petits insectes ailés, dont le taux de disparition est estimé de 100 à 1 000 fois supérieur à la normale…

Il est faux de prétendre que les abeilles sont les seules pollinisatrices du règne vivant ; les coléoptères, les papillons, les mouches, les colibris et les chauves-souris possèdent aussi ce rôle. Cependant, ce sont très certainement les meilleures dans leur domaine ! À elles seules, elles assurent 80 % de la pollinisation des fleurs.

Comment font-elles preuve de tant d'efficacité ? Les abeilles parviennent à récupérer le pollen difficilement accessible en faisant vibrer la corolle à l'aide de leurs ailes. De plus, elles ne butinent qu'une seule variété de plante à la fois, ce qui assure un cycle de reproduction performant.

Un tas de briques contient 1 512 briques. Il a la forme d'un cube de 1,20 m de côté.

Que vaudraient, à 35 euros le mille (unité de longeur ancienne), les briques contenues dans un autre tas de 2,40 m de côté ?

Solution : Valeur des briques du premier tas : 35 euros x 1 512 = 52,92 euros. Le second tas est 8 fois plus gros que le premier puisque ses dimensions sont doubles. La valeur du second tas est donc 52,92 x 8 = 423,36 euros.

1 400 :

c'est le nombre
de battements de
cœur par minute du
minuscule colibri.

Geoffrey est au volant de son SUV Range Rover customisé. Il voit une Rolls Royce se ranger à côté de lui au feu tricolore. Geoffrey ouvre sa vitre et demande au chauffeur de la Rolls :
– Il y a un téléphone dans votre voiture ?
– Oui, bien sûr !
– Et le WiFi ?
– Nous avons ça aussi !
– La télé ?
– Oui, mais on la regarde rarement !
– Est-ce que ça peut faire couchette pour deux personnes à l'arrière ?
Et là, le feu venant de passer au vert, Geoffrey démarre en trombe, laissant le chauffeur de la Rolls sur place, blême d'impuissance.
Dans l'après-midi, le propriétaire de la Rolls prend rendez-vous avec le garage pour l'installation d'une couchette à l'arrière de sa voiture.
Une semaine plus tard, il aperçoit le SUV Range Rover customisé de Geoffrey garé sur un trottoir, les vitres arrière couvertes de buée et de la vapeur s'échappant à l'extérieur. Le gars à la Rolls s'arrête alors et vient frapper à la vitre :
– Hey là-dedans !
Après plusieurs « toc toc », Geoffrey sort la tête de l'habitacle de son SUV et le chauffeur de la Rolls lui dit alors :
– Dites, moi aussi j'ai une couchette pour deux personnes à l'arrière
Et Geoffrey dépité :
– Et c'est pour me dire ça que tu me fais sortir de la douche ?

Les dingueries de notre corps

34 : c'est la température moyenne en degrés Celsius des… testicules. En effet, les bourses de ces messieurs ont besoin d'être toujours au frais (entre **33** et **35** °C) pour pouvoir produire des spermatozoïdes de bonne qualité.

30 : c'est le nombre de jours durant lesquel un être humain peut s'abstenir de manger sans perdre de la vie. Il rentre dans le cadre dans la « règle des trois » : trois minutes sans respirer, trois jours sans boire et **30** jours sans manger.

400 : c'est la quantité en milligrammes de café qu'il est recommandé de ne pas dépasser par jour, soit l'équivalent de cinq expressos ou de quatre tasses de café filtre. Le café peut aider à prévenir le cancer du foie et de l'endomètre, ainsi que la perte de mémoire chez les personnes âgées, mais en consommer trop provoque des difficultés d'endormissement et de la tachycardie.

BONJOUR, JE VOUDRAIS ME FAIRE ENLEVER UN TATOUAGE. C'EST POSSIBLE ?
OOTA
OUI, BIEN SÛR !
CELUI-CI, NOUS AVONS DIVORCÉ...
ADELE

Vrai ou faux ?

Les oiseaux savent d'instinct construire un nid.

Faux.
Certains couples d'oiseaux perdent leur première couvée, n'ayant pas réussi à concevoir un nid douillet pour leurs œufs. Cependant, ils s'améliorent par la suite et parviennent immanquablement à leurs fins ! L'habileté des oiseaux a d'ailleurs de quoi forcer l'admiration. Saviez-vous que la fauvette couturière de Ceylan perce un trou dans les bords de deux feuilles avant de les relier entre eux avec du fil d'araignée ? Ou que le tisserin sait faire 12 nœuds différents et tresser des plantes ? Incroyable, on vous l'a dit.

Une mère juive vient chercher son fils chez le psy. Ce dernier la reçoit seule dans son bureau et demande au fils, David, de patienter dans la salle d'attente.

– Madame, je souhaitais vous parler seule car votre fils David a de gros problèmes.

– Quoi ? C'est grave ? Il est fou mon fils ?

– Non. Votre fils n'est pas fou, il…

– Mon fils, il va mourir ?

– Non. Votre fils ne va pas mourir, il…

– Qu'est-ce qu'il a mon fils ?

– Votre fils David fait un très important complexe d'œdipe et…

– Ouf ! Du moment qu'il aime sa mère….

Aucun homme n'entrera jamais par effraction dans ma maison !

J'ai remplacé les serrures par des attaches de soutien-gorge.

15 000 :
c’est le nombre
de mètres maximum que
pourrait théoriquement
mesurer une montagne.
Au-delà, la gravité la
ferait s’écrouler.

JEUX

SUDOKU

DIFFICILE

3					2	6		
	8			6		1		9
5			8					
4			6	8				
		6	5		9	4		
				7	4			1
					5			3
9		3		4			2	
		5	7					6

Solution page 613

QUIZ

Grâce à quel arbre obtient-on du caoutchouc ?

a. L'hévéa
b. Le seringa
c. Le séquoia
d. Le baobab

Solution : a. L'hévéa

JEUX

MOTS CROISÉS

HORIZONTALEMENT

1. Supprimées
2. Rayasse
3. Europium – Terme de tennis
4. Rubidium – Échanges entre deux parties pendant un certain temps
5. Préfixe d'origine grecque qui se rapporte à l'œuf – Collectivités d'outre-mer
6. Prononcée – Assaisonna
7. Promena – Manœuvre frauduleuse
8. Seaborgium – Commune française en région Pays de la Loire

VERTICALEMENT

I. Petits fruits aigrelets
II. Commune française en région Normandie
III. Niobium – Erbium
IV. Commune française en région Nouvelle-Aquitaine – Paresseux
V. Commune française en région Grand Est
VI. Digue
VII. Espagne – Voiture Volkswagen
VIII. Relative aux séismes

	I	II	III	IV	V	VI	VII	VIII
1								
2								
3			■				■	
4			■					
5			■		■			
6				■				
7					■			
8			■				■	

Solution page 617

6 :

c’est le nombre de fois par jour où les hommes en couple se laisseraient aller à un petit (ou gros) mensonge. Quant aux femmes, elles inventeraient deux fois moins de bobards !

CARRÉ MAGIQUE

MOYEN

Obtenez la somme de **70** sur toutes les lignes horizontales et verticales !

3	9	15	21	
	17	23		10
	5	11	12	
7	13			6
20			8	14

Solution page 605

Vrai ou faux ?

Le sable de la planète Mars est rouge.

Vrai… et faux.
Dans l'imaginaire collectif, la planète Mars est teintée d'un joli rouge soutenu. Mais les astrophysiciens de la Nasa ont fait une étonnante découverte en 2021, grâce au rover Perseverance. En plus des roches sédimentaires rougeâtres, bien visibles depuis l'espace, ils ont identifié une grande proportion de pigments verts, dus à la présence du minerai nommé « olivine ».

QUIZ

En quelle année la chaîne française Canal+ a commencé à émettre ?

a. 1980
b. 1982
c. 1984
d. 1986
e. 1988
f. 1990

Solution : c. 1984. Canal+ a été créé en 1982, puis mis en service le 4 novembre 1984.

– T'es où chéri ?
– À l'arrêt de bus.
– Dépêche-toi !
– D'accord… Je vais attendre plus vite.

Les saisons ne sont pas toutes les mêmes dans le monde !

Même si elles nous paraissent immuables, les saisons ne sont pas toujours au nombre de quatre dans les autres régions du globe…

- Deux au pôle Nord et au pôle Sud : le jour et la nuit polaires.
- Quatre en Europe, Amérique du Nord et Australie : printemps, été, automne et hiver. Attention : l'hiver signifie neige en Suède (hémisphère Nord), mais chaleur en Australie (hémisphère Sud) !
- Six en Inde : le printemps, l'été, la mousson, l'automne, le début de l'hiver et la fin de l'hiver.
- Vingt-quatre au Japon, au Vietnam et en Chine : le début du printemps, l'équinoxe de printemps, la période de nettoyage des tombes, le début de l'été, le solstice d'été, etc. Chacune de ces saisons dure 15 jours.

– Et tu prends quoi avec ta bière ?

– Du bide !

Les femmes
se fâchent pour
deux raisons :

– Pour tout.

– Pour rien.

LABYRINTHE

MOYEN

QUIZ

Quel était le surnom de Mao Tsé-toung ?

a. Le Grand Timonier
b. Le Grand Sage
c. Le Grand Lyrique
d. Le Grand Chinois

Réponse : a. Le Grand Timonier

Un couple entre dans le cabinet d'assurance MMA :

– Bonjour Monsieur. Nous venons, mon mari et moi, pour revoir notre contrat d'assurance.

– Très bien… Madame a grossi depuis la dernière fois, non ?

– PARDON ?!

– Et oui, chez nous la franchise est offerte !

Charade

On drape mon **premier** sur

LES ÉPAULES,

Mon **second** constitue de

24 LE JOUR,

Mon **troisième** forme le **FÉMININ**,

Mon **tout** est bien **ARDENTE**.

Solution : Chaleureuse (Châle-Heure-Euse)

Quel est le point commun entre une diarrhée et une voiture électrique ?

La peur de ne pas arriver à la maison !

L'HOMME QUI MURMURAIT À L'OREILLE D'UN ÉLÉPHANT

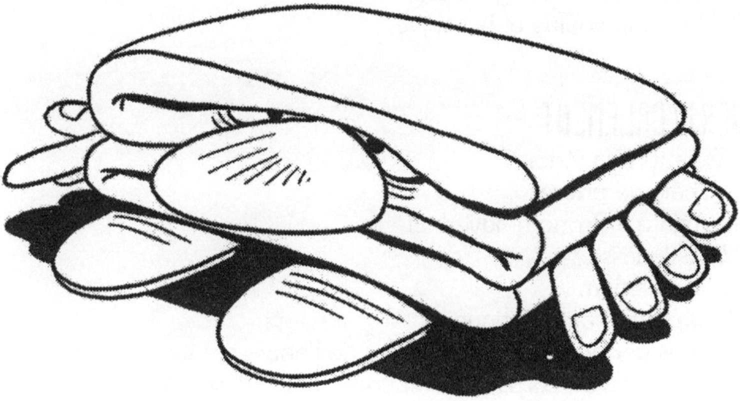

JEUX

MOTS CROISÉS

HORIZONTALEMENT

1. Douleur de l'oreille
2. Attendit
3. Thallium – Quatrième de couverture d'un magazine
4. Relatives à la troisième partie de l'intestin grêle
5. Commune française dans le département de l'Aveyron, en région Occitanie
6. Note – Terrain de sport
7. Interjection – Congélation
8. Privation voulue et héroïque

VERTICALEMENT

I. Relatifs à la vision
II. Châle de prière
III. Astate – Pronom adverbial
IV. Astiquasse
V. Germanium
VI. Variation automatique
VII. Les périodes les plus chaudes de l'année – Pluriel de un
VIII. Poisson au corps ovale et comprimé – Télévision

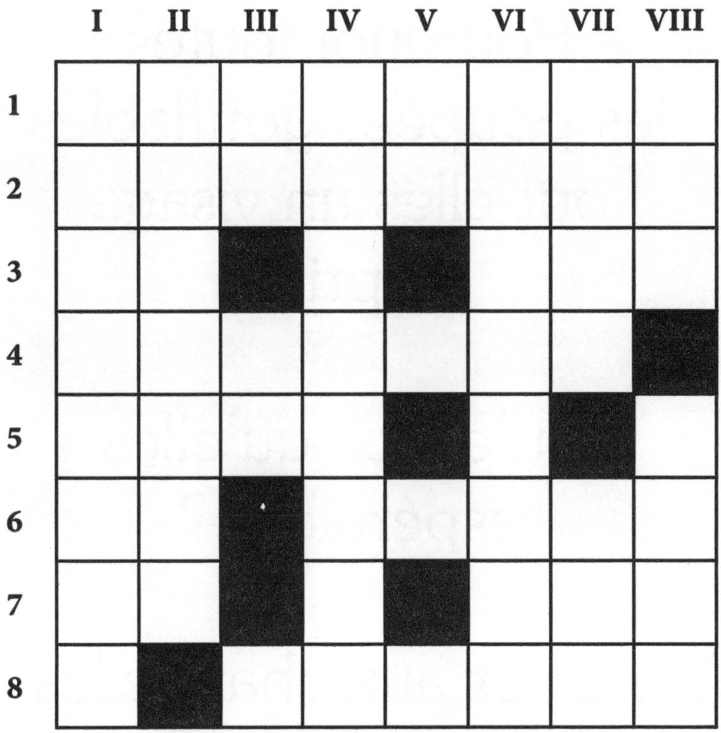

Solution page 617

Pourquoi toutes
les poupées gonflables
ont-elles un visage
surpris ?

Qu'est-ce qu'elles
espéraient ?

Un dîner aux chandelles ?

Le sol de votre jardin est-il vivant ? Faites le test...

Cela ne signifie pas que votre pelouse va se mettre à onduler, bien sûr. Cette expérience imaginée par l'Ademe (Agence de la transition écologique) vise à vérifier si un terrain est riche en micro-organismes vivants (bactéries, champignons, vers de terre...). Comment faire ? Rien de plus simple : au printemps, enterrez un de vos slips ! Attention, celui-ci doit être en coton blanc 100 % bio. Patientez deux petits mois avant de le déterrer. S'il est intact, ce n'est pas bon signe. S'il est partiellement décomposé, bien joué : votre jardin est un petit havre de paix qui abrite la vie !

Une mère :
– Kevin, laisse tes jouets ! Quand on mange, on mange !
Kevin, 4 ans :
– Et quand on joue, on joue. Et là, je joue !

(Recherche famille d'accueil)

JEUX

SUDOKU

FACILE

	4		8					
				4	3			1
9	5	7					3	
		2	5	7				3
		9				5		
5				1	8	2		
	6					3	8	9
1			2	8				
					9		6	

Solution page 614

– Bon… on fait quoi ?
– J'en sais rien. On se tourne au pif et puis on verra bien.
– Ouais !
Allez, on fait ça…

Deux tournesols en Bretagne.

C'est quand même
long un feu rouge…

Surtout quand tu as
le nez propre !

Je déteste faire
la fête avec des
gens sobres !

Ils se souviennent
de tout...

J’ai horreur de voir
un couple se disputer
en ma présence !

Ils pourraient avoir la
décence d’attendre
que je me rhabille
et que je parte…

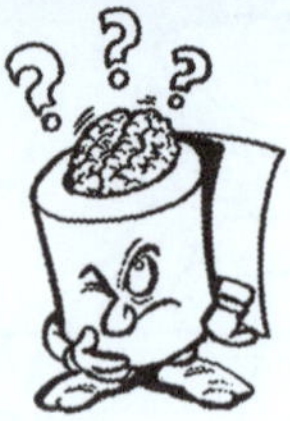

QUIZ

Quelle est l'actrice la plus jeune ayant reçu un Oscar ?

a. Brooke Shields
b. Diane Lane
c. Sharon Stone
d. Shirley Temple

Solution : d. Shirley Temple reçoit un Oscar en 1934, elle est alors âgée de 6 ans !.

Je ne dis pas que le chat est favorisé, je dis que si j'avais léché un rat mort, un merle et mes couilles, ça ne se bousculerait pas pour me câliner.

Pourquoi votre plateau-repas dans l'avion est-il si insipide ?

Non, ce n'est pas forcément parce que la compagnie aérienne fait des économies sur la qualité de votre déjeuner. En effet, dans un avion de ligne, l'humidité est inférieure de 10 % et la pressurisation est 20 à 25 % plus faible qu'au sol. Conséquence : le volume de gaz augmente dans votre organisme et fait gonfler votre muqueuse olfactive, déjà asséchée par le manque d'humidité. Votre repas éveille donc bien moins vos papilles que d'habitude, un peu comme si vous étiez victime d'un gros rhume…

De plus, une expérience intéressante a prouvé que la nourriture semblait moins salée lorsqu'on était exposé à un bruit de fond constant, comme celui subi dans les transports en commun. Le sel étant un exhausteur de goût, il est là aussi logique que notre plat nous semble moins goûtu !

Deux cagoles, Jessica et Nouria, sortent de la discothèque Le Bazar à Marseille, complètement saoules et décident de rentrer à pied jusqu'à chez elle. L'envie de faire pipi devient de plus en plus pressant. Passant devant le mur d'un cimetière, Jessica propose à Nouria :
– On a qu'à aller faire pipi derrière une tombe ! On ne nous verra pas !
– Oh oui, d'accord ! Vite, j'en peux plus !
Les deux jeunes filles vont donc se soulager derrière une pierre tombale et en profitent aussi pour faire la grosse commission… Jessica, pour s'essuyer, décide de retirer sa culotte puis s'en sert à cet effet avant de la jeter.
Nouria, qui elle ne porte pas de culotte, attrape quelques feuilles d'un bouquet de fleurs récemment déposé sur la tombe pour s'essuyer.
Le lendemain, les maris des deux cagoles se téléphonent :
– Nos femmes sont encore rentrées complètement saoules ! Mais là, il va falloir qu'on les surveille de plus près… Figure-toi que ma femme est rentrée sans culotte !
– M'en parle pas ! La mienne, elle avait une carte dans la raie des fesses avec écrit dessus : « De la part de la brigade des sapeurs-pompiers de Marseille, jamais nous ne t'oublierons. »

Un sein, un vagin et un trou du cul discutent pour savoir qui est le plus merveilleux d'entre eux.

Le sein :
– Je fais du lait pour les bébés et j'attire les hommes !

Le vagin :
– Je donne naissance aux bébés et les hommes ne peuvent pas se passer de moi !

Pourquoi tu lis plus bas ?
C'est à ton tour de répondre !

Humour

Au Kenya, un petit caniche voit avec terreur un léopard courir vers lui. Sans se démonter, le petit chien ayant remarqué quelques os d'une carcasse qui traîne à proximité se met aussitôt à les mâcher, tournant le dos au léopard qui s'apprête à lui sauter dessus. Le petit caniche se met à hurler :

– MIAM MIAM !! Ce léopard est vraiment excellent !! Je me demande s'il y en a d'autres par ici ?

Le léopard se fige d'un coup, regarde le caniche avec effroi et s'enfuit à toute vitesse dans des fourrés :

– Oufff… je l'ai échappé belle…

Un vieux singe qui a observé toute la scène du haut d'un arbre se dit qu'il pourrait mettre à profit ce qu'il sait en négociant avec le léopard afin d'obtenir sa protection.

Le caniche aperçoit le singe qui se précipite dans les fourrés pour rejoindre le léopard et réalise que quelque chose doit se tramer.

Le singe dévoile le pot aux roses au léopard qui est furieux d'avoir été trompé !

– Singe, monte vite sur mon dos et tu vas voir ce qui va arriver à ce petit malin !

Le caniche voit le léopard accourir avec le singe sur son dos, mais au lieu de s'enfuir, le petit chien s'assoit, dos à ses agresseurs, faisant semblant, une fois de plus, de ne pas les avoir vus. Juste au moment où ils arrivent à portée de voix, il s'exclame :

– Où est donc ce foutu singe ?? Ça fait une heure que je l'ai envoyé me chercher un autre léopard !!

19 000 000 :
c'est la probabilité
que vous avez de
gagner au Loto...
L'espoir fait vivre !

LABYRINTHE

DIFFICILE

CES ESCROQUERIES DES PUBLICITAIRES VONT VOUS DÉGOÛTER

Hmm, cette publicité vous met l'eau à la bouche… Pourtant, si vous connaissiez les astuces utilisées pour vous donner envie d'acheter un produit, vous ravaleriez votre salive immédiatement.

Quelques exemples :
- Le sirop d'érable est remplacé par… de l'huile de moteur.
- La mousse de la bière par… du liquide vaisselle.
- La crème glacée par… de la purée de pomme de terre.
- La crème fouettée par… de la mousse à raser.
- Le lait par… de la colle blanche.
- Les sauces par… de la cire fondue colorée.

Le but de ces étranges manœuvres ? Donner aux aliments ou aux boissons un aspect appétissant, sans les contraintes de température et de temporalité imposées par le tournage sur un plateau. « Photos non contractuelles », lit-on…

DE QUOI T'AS PEUR ? C'EST LA PREMIÈRE FOIS ? C'EST ÇA ?

Deux cagoles, Jessica et Nouria discutent :
– C'est quand même bizarre, Nouria, que tu te sois mariée quatre fois et que tu sois toujours vierge.
– Attends Jessica. Je vais t'expliquer. Mon premier mari était architecte. Il ne faisait que des projets. Mon deuxième mari était fonctionnaire et il remettait tout au lendemain. Mon troisième mari était politicien et il ne faisait que des promesses. Et mon dernier mari, il était inspecteur des impôts : il ne faisait que de m'enculer !

1,30 :
c'est la durée en minutes
d'une phase de sommeil
standard pour un
phoque.

Quel est le comble pour un marchand de fruits et légumes ?

Solution : Raconter des salades !

Quatre hommes et une femme, tous catholiques, prennent le café sur la place Saint-Pierre à Rome.
Le premier homme dit à ses amis :
– Mon fils est prêtre. Quand il entre dans une pièce, tout le monde lui dit : « Mon Père ».
Le deuxième dit :
– Mon frère est évêque. Quand il entre dans une pièce, on s'incline et susurre : « Monseigneur ».
Le troisième réplique :
— Mon cousin est cardinal. Quand il entre dans une pièce, les gens l'appellent « Votre Eminence ».
Le quatrième déclare :
– Mon oncle, c'est le pape ! Quand il entre dans une pièce, les gens l'appellent « Votre Sainteté ».
La femme catholique boit son café en silence. Les quatre hommes lui demandent alors avec ironie :
– Et vous ?
Elle sourit légèrement et leur rétorque :
– J'ai une fille mince, grande, 95 cm de tour de poitrine, 60 cm de tour de taille, 90 cm de hanches, et quand elle rentre quelque part, les hommes disent « Mon Dieu ! »

7 :
c’est le nombre
de pays participants
à l’Eurovision lors de sa
toute première édition,
en 1956 en Suisse.
Aujourd’hui, **37** États
s’affrontent au micro.

J'ai appris l'anglais
à l'école, mais quand
Brian n'est pas dans
la cuisine, je ne sais
plus quoi dire !

Georgette, 91 ans, rencontre son banquier. Il lui conseille :

– Madame, faites très attention. Il y a des petits malins qui peuvent pirater votre compte.

– Oui, j'avais remarqué : frais de gestion de compte, frais d'ouvertures de compte, agios, frais de fermeture de compte, frais de dossier annexe, frais divers et variés…

Décryptez la liste des ingrédients en faisant vos courses

Difficile de tout comprendre aux noms étranges des ingrédients notés au dos de votre paquet de biscuits préférés ou de votre plat micro-ondable. Parmi les nombreuses substances inventées par l'industrie agroalimentaire, vous risquez à coup sûr de tomber sur des « Exxx ».

Sachez que le E correspond à « Europe » et que les trois lettres qui suivent sont un code désignant le genre de l'additif. Ainsi, de E100 à E180, vous êtes en présence d'un colorant. De E200 à E290, le produit contient un conservateur. Un code allant de 300 à 321 indique un antioxydant, alors qu'un agent de texture est compris entre 322 et 483.

Le meilleur conseil que l'on puisse vous donner ? Les éviter au maximum, en achetant des ingrédients frais et bruts (non transformés) !

JEUX

SUDOKU

MOYEN

3		7	9		8			
				3			6	
			1	2	7		5	9
2						1		
	9	1		8		6	7	
		8						4
9	1		8	7	3			
	4			9				
			2		4	7		3

Solution page 614

Un camionneur s'arrête au feu rouge. Une cagole, sort de sa voiture, frappe à sa vitre et lui dit :

– Je suis Jessica et vous perdez votre cargaison !

Le camionneur l'ignore et continue sa route.

Au 2e feu rouge, la cagole revient et lui dit :

– Je suis Jessica et vous perdez votre cargaison !

Le camionneur descend et lui crie :

– JE SUIS ROGER, C'EST L'HIVER, IL NEIGE… ET JE CONDUIS LE CAMION DE SEL !!!

La minute people

- Quel est le point commun entre les acteurs **Keanu Reeves** et **Burt Reynolds**, ainsi que le joueur de cricket **Geoffrey Boycott** ? Tous trois n'ont pas de rate ; on leur a retirée lors d'une opération chirurgicale.

- Côté addictions, l'écrivain et philosophe **Voltaire** en connaît également un rayon. Addict à la caféine, il buvait en moyenne 50 tasses par jour ! Lorsqu'un médecin le menaça en lui disant *« L'abus de café vous tuera »*, il aurait répondu : *« S'il en est ainsi, voici plus de 80 ans que j'essaie de m'empoisonner... »*

- **Vivien Leigh**, l'actrice star du film *Autant en emporte le vent*, sorti en 1939, était accro à la nicotine. Durant le tournage, elle fumait en moyenne 80 cigarettes par jour ! Un chiffre qui semble incroyable aujourd'hui, alors que l'on connaît les dangers du tabac pour la santé.

LABYRINTHE

FACILE

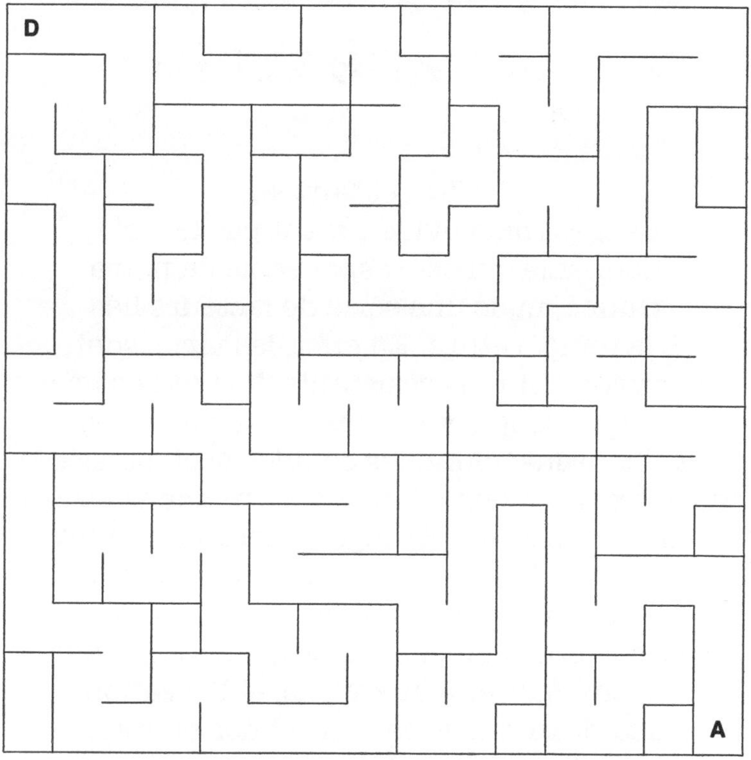

Vrai ou faux ?

On tombe malade en hiver parce qu'on a « attrapé froid ».

Vrai et faux.
Ce n'est bien évidemment pas le froid lui-même qui est responsable de notre rhume, mais une série de facteurs liés à la température. En effet, les virus sont effectivement plus résistants durant la saison froide, car leur membrane est renforcée. Malheureusement, les cellules protectrices de notre muqueuse nasale sont moins efficaces contre les corps étrangers lorsque l'air est très froid. Ajoutons à cela deux circonstances aggravantes : l'air surchauffé de nos intérieurs assèche notre mucus nasal, qui n'arrive plus à faire barrière aux virus, et l'aération insuffisante des maisons et des bureaux facilite la transmission des maladies.

142 :
c'est le nombre d'escaliers que compterait l'école de sorcellerie Poudlard, dans la saga *Harry Potter* de J.K. Rowling. Cependant, des étudiants en architecture ont fait une estimation beaucoup plus impressionnante : selon leurs calculs, il y en aurait **322** !

– Je te quitte !
– Mais Laura,
est-ce parce que je me comporte 24 heures sur 24 comme si je savais tout ?
– OUI !
– Je le savais !

– Salut ma beauté !
Et si on allait boire
un verre ?
– Désolée, je suis mariée.
– Et si tu ne l'étais pas ?
– J'inventerais une
autre excuse.

À 16 semaines,
il semblerait que le bébé
entende la voix
de sa mère.

Une certitude,
c'est qu'à 16 ans,
il ne l'entend plus
du tout !

22 :
ce serait l'heure
idéale pour aller dormir.
D'après une étude,
prendre un thé juste
avant de se coucher et
se vêtir d'un pyjama
assurerait presque
à coup sûr une bonne
nuit de sommeil.

Quand mes enfants chouinent parce qu'ils ont cassé un jouet, j'utilise du scotch. Le jouet est toujours cassé, mais j'entends moins les enfants.

QUIZ

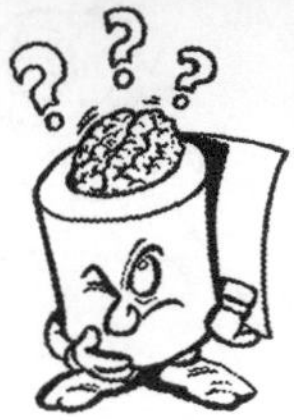

Lequel de ces films avec Robert Redford n'a pas été réalisé par Sidney Pollack ?

a. *Les Trois jours du condor*
b. *Les Hommes du président*
c. *Jeremiah Johnson*
d. *Nos plus belles années*
e. *Out of Africa*
f. *Propriété interdite*

Solution : b. *Les Hommes du président*, réalisé par Alan J. Pakula.

– Faudrait que je pense
un jour à te présenter
ma demi-sœur.
– Ah ? Pas le même
papa ?
– Non… Attaque
de requin !

TU SAVAIS
QUE "KAYAK" ÉTAIT UN
PALINDROME ? LA PREUVE,
DIS-LE-MOI
À L'ENVERS !
BLUB
BLUBB
BLLLB

Vrai ou faux ?

Jardiner peut être considéré comme faire du sport.

Vrai...
À condition de donner de votre personne ! Si vous bêchez ou que vous sarclez vigoureusement la terre pendant 20 minutes, ce sera comme si vous vous étiez adonné à une séance de running ou de rameur. Les jardiniers amateurs plus « relax » verront quand même un effet positif sur leur santé, équivalent à une balade active ou à une séance de yoga.

– Est-ce qu'il existe encore des hommes qui ouvrent la portière de la voiture ?

– Ben, comment tu crois qu'on rentre dedans sinon ?

À quel âge as-tu su que lorsque tu comptes les chiffres, tes lèvres ne se touchent pas avant mille ?

Le téléphone de mon fils vient de tomber dans les escaliers et de dévaler toutes les marches ! Mais ça va… Il était dans sa poche.

Où et comment a été inventé le Loto ?

Ce jeu d'argent nous paraît assez récent, mais son origine la plus lointaine remonte pourtant au XVIe siècle ! À l'époque, les Italiens aimaient par-dessus tout parier sur les très fréquents bouleversement politiques au sein de leur nation. En effet, tous les six mois, cinq membres du Sénat étaient tirés au sort pour devenir gouverneurs de la république de Gênes. Le peuple s'amusait à spéculer sur les noms qui allaient sortir, d'où la naissance du « lotto ».

Très vite, l'excitation et l'appât du gain du Loto ont envahi les pays adjacents, dont la France où il a été officiellement légalisé en 1976.

CARRÉ MAGIQUE

DIFFICILE

Obtenez la somme de **210** sur toutes les lignes horizontales et verticales !

22	30	38	46			14
39			7	15	23	31
49	8		24	32		41
17		33	34	42	50	
	35	43	51	10	18	26
44	52	11			28	36
	13	21	29	37	45	

Solution page 605

Comment disperse-t-on
les manifestations en Écosse ?
On fait la quête !

Pourquoi les églises écossaises
sont-elles toutes rondes ?

Pour empêcher les fidèles
de se cacher pendant
la quête !

20 + 20 + 20 = 60.

Comment pouvez-vous encore arriver à 60 en utilisant le même nombre trois fois, mais sans utiliser le chiffre 20 ?

Solution : En utilisant trois fois le nombre 5 : 55 + 5 = 60

– Tu connais la différence
entre une minute
de fellation et une minute
de sodomie ?
– Non.
– Tu as deux minutes ?

SUDOKU

DIFFICILE

8	3	2			6			1
					2	4		8
								6
			9			6	4	
		9				5		
	4	6			1			
3								
9		7	4					
4			6			8	9	2

Solution page 614

178 :

c'est le nombre de graines de sésame contenues en moyenne sur le pain supérieur d'un Big Mac™ chez McDonald's.

Un couple dîne au restaurant. L'homme ne peut s'empêcher de fixer une femme, assise quelques tables plus loin et visiblement saoule. La femme qui l'accompagne lui demande, un peu agacée :

– Pourquoi regardes-tu cette femme ? Elle te plaît ?

– Mais non… c'est que… c'est mon ex.

Curieuse, elle se retourne et regarde discrètement son ex.

– Mais, elle est complètement bourrée ! Pauvre fille…

– Oui, quand elle m'a quitté il y a six ans, elle s'est mise à boire.

– Ah ? Ça m'effraie de voir que l'on peut fêter ça aussi longtemps…

Une mère juive, Rachel, monte dans un bus en compagnie de sa fille Sarah. Elles s’assoient et, au bout d’un moment, Rachel se met à crier :

– Vite ! Y a-t-il un médecin dans le bus ? Vite ! Vite ! Un médecin !

Un homme se lève au fond du bus et parvient tant bien que mal vers la mère juive qui lui demande :

– Vous êtes médecin ?

– Oui !

– Voulez-vous que je vous présente ma fille ?

QUIZ

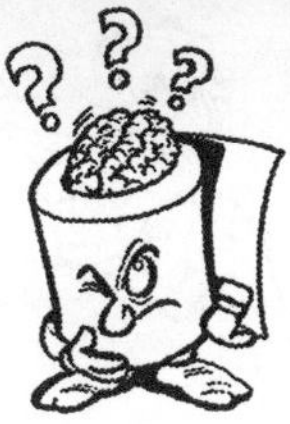

Quelle est la capitale de l'Afrique du Sud ?

a. Le Cap
b. Durban
c. Pretoria
d. Johannesburg

Solution : c. Pretoria

Le saviez-vous ?

Spacewar!, le tout premier jeu vidéo de l'Histoire

En 1961, un groupe d'étudiants américains va changer le monde… Concepteurs d'un nouvel ordinateur pour leur laboratoire, ils décident de tester ses capacités grâce à un programme 100 % ludique. Dans *Spacewar!*, deux vaisseaux spatiaux combattent à coups de missiles, tout en devant éviter le danger mortel représenté par le Soleil. Pour plus de maniabilité, les jeunes génies créent même les toutes premières manettes de l'Histoire ! Le jeu fut tellement apprécié par le reste de l'équipe qu'il fut commercialisé en même temps que l'ordinateur.

Même si ces Américains sont précurseurs, d'autres avant eux avaient eu l'idée du jeu vidéo. La première personne à l'avoir évoquée est probablement l'ingénieur Ralph Baer, également natif des États-Unis. En 1951, il avait proposé à son employeur de concevoir un module de jeu, dans le but de créer « la meilleure télé du monde » ! Malheureusement, son projet visionnaire n'avait pas convaincu. Vu l'engouement mondial pour les jeux vidéo aujourd'hui, son patron de l'époque se retourne probablement dans sa tombe…

– Je voudrais un Coca-Cola, s’il vous plaît.

– Un Pepsi, ça vous va ?

– L’argent du Monopoly pour vous régler, ça vous va ?

Charade

Mon **premier** est un **CRIME**,

Mon **second** soutient le **BATEAU**,

Mon **troisième** est **IMPATIENT**,

Mon **quatrième** a enfermé **EDMOND DANTÈS**,

Mon **tout** peut aider un discours à faire **ADOPTER UNE RÉSOLUTION**.

Solution : Délibératif (Délit-Ber-Hâte-If)

50 :
c'est le temps maximal, en minutes, que met une éponge à éternuer. Oui, vous avez bien lu ! Ce mouvement réflexe, donc incontrôlé, de contraction-extension permet de se débarrasser des corps étrangers.

Pascal, lors de ses vacances à l'île de Ré, a dépensé les 7/8e de ce qu'il avait, plus la moitié de ce qui restait. Il lui reste encore 15 euros.

Quelle somme possédait-il au début ?

Solution : Pascal a donc dépensé 7/8 + 1/2 x 1/8 = 7/8 + 1/16 = 15/16 de ce qu'il possédait. 15 euros représentent 1/16e de ce qu'il avait. Nous pouvons conclure qu'il possédait 15 x 16 = 240 euros.

UN POLICIER ARRÊTE UN HOMME AVEC 3,2 GR D'ALCOOL DANS LE SANG !

4 000 :

c'est le nombre de voies urbaines qui portent le nom du général de Gaulle en France ! Juste après suivent Louis Pasteur (**3 000**) et Victor Hugo (**2 500**). À noter que Jules Ferry est le nom le plus attribué aux écoles et Albert Camus aux bibliothèques.

Charade

Mon **premier** n'est pas

AMATEUR,

Mon **second**

N'EXISTE PAS,

Mon **troisième** a les

MÊMES PARENTS

QUE TOI,

Mon **tout** **ENSEIGNE**.

Solution : Professeur (Pro-Fée-Sœur)

Le seul argent que j'arrive à mettre de côté, c'est celui qui tombe entre les sièges de ma voiture.

LABYRINTHE

MOYEN

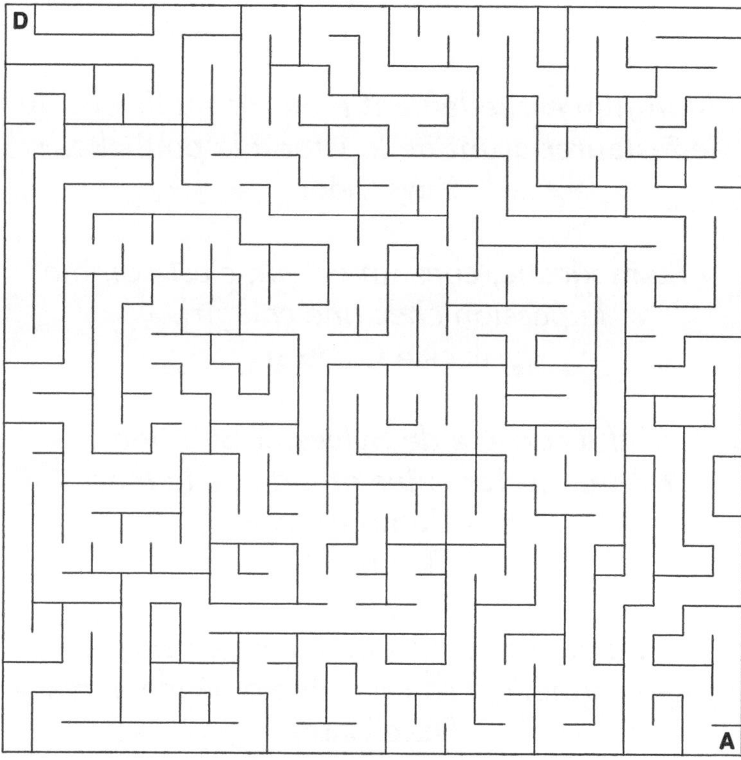

Cinéma et humour anglo-saxon !

« Mon film est tellement mauvais qu'ils ont dû le restaurer avant de le jeter à la poubelle. »
King Vidor

« La modestie, chez un acteur, c'est comme la passion chez une call-girl. »
Jackie Gleason

« La carrière de Sylvester Stallone est un mystère plus grand que la mort subite du nourrisson. »
Rex Reed

« La qualité d'un film est inversement proportionnelle à son nombre d'hélicoptères. »
Dave Barry

« Steven Spielberg a tellement de pouvoir que c'est lui qui aurait dit "Coupez !" lors de sa propre circoncision. »
Robin Williams

« La longueur d'un film devrait être calculée en fonction du volume d'une vessie. »
Alfred Hitchcock

« Si j'ai encore mon pantalon à la scène 2, c'est qu'on m'a envoyé un scénario qui ne m'était pas destiné. »
Mel Gibson

« Dans ce film, j'ai essayé de rester fidèle au livre ; je n'en ai jamais fait autant avec ma femme. »
Woody Allen

Humour

« Hollywood est le seul endroit sur Terre où vous pouvez vous faire virer par quelqu'un qui porte une chemise hawaïenne et une casquette de baseball. »
Steve Martin

« J'ai vu un film tellement mauvais que les gens faisaient la queue pour sortir de la salle. »
Robert Frost

« À Hollywood, on peut vous oublier même si vous allez seulement faire un petit tour aux toilettes. »
Dustin Hoffman

« J'aimerais être incinéré à condition que 10 % de mes cendres soient reversées à mon agent, comme prévu par contrat. »
Groucho Marx

« Comment suis-je arrivé à Hollywood ?
Par le train. »
John Ford

« Après réflexion, j'aimerais mieux
voir Cléopâtre jouer dans un film
sur la vie d'Elizabeth Taylor. »
Earl Wilson

« Un critique, c'est un journaliste que sa petite
amie a plaqué pour un acteur. »
Walter Winchell

« À Hollywood, les mariages sont si éphémères
qu'à la sortie de l'église, on jette
du riz à cuisson rapide. »

« Qu'est-ce que c'est que cette mise en garde :
"Il se peut que ce film contienne
certaines scènes de nu" ?
Moi je veux en être sûr. »
Tim Steeves

Mon **premier** mesure le **COURANT ÉLECTRIQUE**,

Mon **second** est **3,14**,

Mon **troisième** a une **PEAU GLUANTE**,

Mon **quatrième** suit le **RIC**,

Mon **cinquième** est adoré en **ASIE**,

Mon **tout** est tiré **PAR LES CHEVEUX**.

Solution : Capillotracté (Ka-Pi-Lotte-Rac-Thé)

57 :
c'est le nombre de
pays qui ont combattu
durant la Seconde Guerre
mondiale. (**195** États sont
actuellement reconnus
par les Nations unies).

INCROYABLE MAIS VRAI !

COMMENT CE SCIENTIFIQUE A TRANSFORMÉ DU BEURRE D'ARACHIDE... EN DIAMANT

Oui, vous avez bien lu. Le scientifique Dan Frost, de l'Institut Géologique Bayerisches (Allemagne), a tenté une expérience intrigante couronnée de succès. Son objectif était de comprendre quelle quantité de silicium présente dans la croûte terrestre – vraisemblablement venue des météorites extraterrestres – est nécessaire pour produire des diamants naturels.

Le scientifique a chauffé à très haute température du beurre d'arachide et l'a soumis à une énorme pression afin de synthétiser du diamant artificiel.

Si l'expérience est intéressante pour en savoir plus sur la composition des diamants, elle n'aura sans doute pas d'application dans le domaine industriel. En effet, les pierres produites par ce procédé sont de très petite taille et ont un aspect « boueux » peu esthétique…

Évidemment, il n'est pas conseillé de reproduire cette expérience chez vous !

Odette et Lucienne, pour leur rituel du thé, dans la salle à manger cet après-midi :

– J'adore me faire mon thé.

– Moi aussi. Mais je ne l'écris pas pareil.

JEUX

SUDOKU

FACILE

		5		3	1		6	9
			4			8		
	6			7				
	5		1			2	9	
	2		6		5		7	
	1	8			9		5	
				6			1	
		6			2			
2	3		7	1		5		

Solution page 614

– Ève, tu me trompes avec un autre ?

– Adam, nous sommes seuls sur Terre.

– Et ce petit mec là ?

– Ah ! Lui ? C'est Michel Drucker, un ami.

Vrai ou faux ?

L'humanité fume des cigarettes depuis plus de 3 000 ans.

Vrai.
Le tabac a été découvert par les Amérindiens, qui roulaient les feuilles dans le but de les fumer. L'introduction de cette plante est bien plus tardive en France : elle intervient en 1561, par l'intermédiaire de Jean Nicot, ambassadeur de France au Portugal (d'où le mot « nicotine »). À l'époque, en Europe, on prêtait des propriétés extraordinaires au tabac (purgatif, anti-asthme, vermifuge, anti-poux et anti-puces...). Certains croyaient même qu'introduire de la fumée dans le rectum des noyés pouvait les ramener à la vie !

1,6 :
c'est le nombre
en millions de noms
de lieux (ou toponymes)
recensés en France !

Un espion essaie de déchiffrer le code secret que l'homme qu'il doit surveiller compose à chaque fois lorsqu'il rentre dans une maison étrange. Lorsque le portier indique 3, l'homme tape 5, quand le portier montre le 1, le soupçonné tape 2.

Que doit-on taper pour entrer si le portier affiche 20 ?

Solution : On doit taper 5, soit le nombre de lettres du numéro indiqué : il y a cinq lettres à 3 (t-r-o-i-s) et deux lettres à un (u-n).

Cesse de te plaindre
de ta vie !

Il y a des gens
qui sortent avec
ton ex.

6 : c'est le nombre
par lequel diviser la force
de gravitation à la surface de
la Lune par rapport à la Terre.
Par exemple, si vous arrivez
à cracher un noyau de cerise
sur une distance de **3** mètres
sur Terre, il atteindra...
18 mètres sur la Lune !

Dans un pub londonien, Steve vient d'aborder Sarah qui lui demande :

– Et sinon, tu fais quoi dans la vie ?

– Je filtre la bière…

– Ah bon ? Et avec quoi tu fais ça ?

– Avec mes reins !

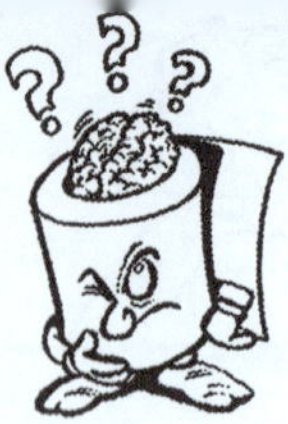

QUIZ

Près de quelle ville se situe la célèbre Silicon Valley ?

a. New York
b. Seattle
c. San Francisco
d. Los Angeles
e. Detroit

Solution : c. San Francisco

18 :
c’est le nombre
de lettres du mot le
plus long de la *Bible*,
« Maher-Shalal-Hash-
Baz », le deuxième nom
prophétique mentionné
dans Ésaïe 8-9. Il a été
aussi choisi comme
nom par… un groupe de
musique japonais.

La moustache et la barbichette, faut être honnête, ça ne va pas à tout le monde…

Mais comment le dire à ma belle-mère ?

CARRÉ MAGIQUE

FACILE

Obtenez la somme de **15** sur toutes les lignes horizontales et verticales !

8	3	
		9
	7	

Solution page 605

– J'ai la main verte.

– T'es jardinier ?

– Non, j'ai pas de mouchoirs.

Moi, j'ai vu le premier
Top Gun au cinéma.
J'étais un petit garçon
et depuis, j'ai pris 80 cm,
40 kg, des cheveux gris
et je suis myope.

Tom Cruise, lui, il a juste
changé de moto.

42 :

c’est le nombre d’œils que l’on peut compter dans un paquet de cartes.

Vrai ou faux ?

Les hamsters ne peuvent pas cligner des yeux.

Faux.
Mais la majorité de ces petits mammifères, notamment les hamsters nains, dispose d'une particularité étonnante : ils ne peuvent cligner qu'un œil à la fois ! Observez attentivement votre compagnon afin de vous en apercevoir.

Il est midi pile. Le petit Gaspard est très impatient de retrouver son copain Enzo. Son grand-père lui dit mystérieusement : « Il arrivera la prochaine fois que les deux aiguilles de l'horloge seront l'une sur l'autre… à la seconde près ! »

À quelle heure exactement le copain de Gaspard arrivera-t-il ?

Solution : Pour calculer le temps qui s'écoule entre deux rencontres, il faut déduire le parcours de chaque aiguille. L'aiguille des heures fait le tour du cadran en 720 minutes, soit 12 heures. L'aiguille des minutes met 60 minutes. En 720 minutes, la grande aiguille rencontrera la petite 11 fois. Il s'écoule donc 720/11 = 65 minutes 27 secondes et 3 onzièmes de seconde entre chaque rencontre des deux aiguilles. Enzo arrivera donc à 13 heures 5 minutes et 27 secondes (et 3 onzièmes).

Bon, ben voilà !
C'est officiel. Je suis viré !
Motif : mon patron
n'aimait pas mon humour
et mon numéro de
ventriloque…

Tant pis, je trouverai bien
un autre funérarium
sur Paris.

2 :

c'est le nombre de séismes qui se produit par minute dans le monde ! Heureusement, la grande majorité sont d'importance mineure.

– Il y a trois choses que j'aime chez toi.

– Ah oui ? Lesquelles ?

– Ton menton.

1 :
c’est le nombre
de mètres par jour que
la croissance du bambou
peut atteindre. Certains
peuvent atteindre
30 mètres de hauteur,
soit l’équivalent d’un
immeuble de **10** étages !

21 :
c'est le nombre
de points sur
un dé.

SUDOKU

MOYEN

5		4			7		2	3
						4		5
		7	6					
				1			4	8
2			5		6			7
1	4			2				
					9	5		
4		5						
8	1		2			3		4

Solution page 614

OUI CHÉRIE
=
GAIN DE TEMPS

11 :
c'est le nombre de jours par an théoriquement perdus par l'humanité en 1752. En passant du calendrier julien au calendrier grégorien, nous avons renoncé à la période du 3 au 13 septembre.

Deux copines discutent :

– Tu sais, les temps ont changé sur Tinder.

– Pourquoi tu dis ça ?

– L'autre jour, pour me montrer qu'il est riche, un gars m'a envoyé un selfie de lui avec un caddie plein de courses devant un supermarché E.Leclerc.

– Non mais lol ! Et du coup, tu lui as répondu quoi ?

– Je le vois jeudi.

Vrai ou faux ?

Un chevalier en armure ne pouvait pas se relever s'il chutait.

Faux.
Contrairement aux idées reçues, les armures revêtues par les chevaliers étaient plutôt légères (25 kg) et ne les gênaient pas du tout dans leurs mouvements. Toutefois, cela ne concerne pas les imposantes armures employées pendant les joutes, qui pesaient jusqu'à 80 kg pour résister aux chocs des lances.

Les dingueries de notre corps

540 : c'est le nombre de calories que l'on perd par litre de transpiration.

35 : c'est le nombre de tonnes de nourriture que nous consommons en moyenne durant notre vie.

900 : c'est le nombre de crayons à papier que l'on pourrait fabriquer avec la totalité du carbone contenu dans notre corps.

9 000 : c'est le nombre de papilles présentes sur notre langue. **1 000** autres se trouvent sur notre palais et à l'intérieur de nos joues.

Monsieur et Madame Stériles n'ont pas de fils.

318 979 564 000 :
c'est le nombre astronomique de combinaisons possibles lors des **4** premiers coups d'une partie de jeu d'échecs. Un choix qui peut vite donner le tournis !

Comment pouvez-vous arriver au total de 100 avec seulement des 4 ?

Solution : (parmi d'autres) : 44 + 44 + 4 + 4 + 4 = 100.

QUIZ

Quel est le fruit de l'érable ?

a. Le gland
b. La samare
c. La gousse
d. La faîne

Solution : b. La samare

CARRÉ MAGIQUE

MOYEN

Obtenez la somme de **80** sur toutes les lignes horizontales et verticales !

5			23	24
22	28	4	10	
	15	21	27	
26		13		20
	19		6	12

Solution page 605

VOUS N'AVEZ PAS VU LE PANNEAU ?
SI, C'EST VOUS QUE J'AVAIS PAS VU !

Si tu aimes une
personne et qu'elle veut
partir, laisse-la partir.
Si elle revient, c'est que
personne en a voulu,
et qu'en plus, tu as des
goûts de merde !

85 :
c’est le pourcentage de gynécologues hommes. Dommage, lorsque l’on sait que **58 %** des femmes déclarent se sentir plus à l’aise avec une gynécologue du même sexe.

– Je vis ma vie
en attendant quelque
chose qui n'arrivera
pas…

– Tu parles d'amour ?

– Non, de la retraite !

Questions à la con du WC BOOK

Quand un tuyau mâle rencontre un tuyau femelle, un « robi naît » ?

Vrai ou faux ?

Le chiffre 13 porte malheur.

Faux.
Évidemment, il s'agit d'une superstition… mais qui a la vie dure. Elle nous viendrait de la scène biblique du repas de la Cène, où Jésus était accompagné de ses 12 disciples avant d'être arrêté et crucifié. Ainsi, il n'existe pas de numéro 13 dans plusieurs rues de Paris, ni d'étage 13 dans de nombreux gratte-ciels aux États-Unis. À noter que cette croyance ne concerne pas les peuples asiatiques, de tradition non chrétienne. En Chine et au Japon, c'est le chiffre 4 qui est redouté, car sa prononciation fait penser à celle du mot « mort ».
Dans certains hôpitaux, vous ne trouverez ni étage 4 ni chambre 4 !

Chez Marie-Antoinette, les domestiques sont en rang : deux femmes de ménage, un cuisinier, un majordome et deux jardiniers. Les deux jardiniers sont séparés par une personne, les deux femmes de ménage sont séparées par deux personnes, et il y a trois personnes entre le majordome et le cuisinier. Le majordome est à la droite du groupe, et la dernière personne à gauche n'est pas un jardinier.

Saurez-vous reproduire l'ordre exacte des domestiques ?

Solution : (de gauche à droite) une femme de ménage, le cuisinier, un jardinier, une femme de ménage, un jardinier, un majordome.

Questions à la con du WC BOOK

Le père d'un bébé éprouvette est-il forcément un branleur ?

7,5 :
c'est le nombre
de degrés nécessaire
pour qu'une quille
de bowling tombe.

Les hommes savent tout jusqu'au jour où leur femme demande :

– C'est qui celle-là ??

Les carpes disent-elles « Humain Diem » ?

Quel est le comble pour un roi ?

Solution : Avoir mal au palais !

32 :
c'est le nombre
de kilomètres à travers
lesquels un ours polaire
peut flairer l'odeur
d'un être humain.

« SI TU LE DIS »

Expression signifiant : je sais que tu as tort, mais j'ai la flemme d'argumenter.

SUDOKU

DIFFICILE

6		8		1	5			
		2				1	6	
	1							
2				3	7		1	9
	6	3				7	4	
4	7		2	6				5
							5	
	3	1				8		
			8	7		4		1

Solution page 614

17 :

c’est le nombre minimum de manipulations pour résoudre n’importe quel Rubik’s Cube.

Les forêts sont les poumons verts de notre planète.

Faux.
Si les espaces boisés contribuent grandement à fournir de l'oxygène à l'atmosphère terrestre, ce ne sont pas les principaux acteurs. Les algues marines sont les vraies héroïnes : elles apporteraient entre 50 % et 75 % de l'oxygène de la planète ! En effet, le phénomène de photosynthèse des plantes sous-marines absorbe 30 % du CO_2 présent dans l'air et rejette de l'oxygène en échange. Malheureusement, la pollution maritime et le réchauffement climatique, impactant sur la température des eaux, contribuent à détruire les algues... D'où la nécessité impérative de préserver les fonds sous-marins dans le monde entier.

Élodie pète un câble ce soir.
Elle s'approche de son
mari Julien :

– Et POURQUOI c'est toujours
MOI qui dois préparer
à manger ?!

– Euh... d'après la convention
de Genève, le prisonnier
doit être nourri...

Quel est le comble pour un coq ?

Solution : Avoir la chair de poule !

Questions à la con du WC BOOK

Les Polynésiens, par goût du voyage et de l'exotisme, se font-ils des tatouages berrichons ?

14 :
c’est le nombre
d’années à patienter
pour pouvoir réutiliser
exactement le même
calendrier.

Vrai ou faux ?

Il existe sur Terre un être vivant capable de rajeunir.

Vrai.
Il s'agit de la méduse *Turritopsis nutricula*, qui vit dans la mer des Caraïbes. Cet incroyable animal gélatineux a le pouvoir de transformer n'importe laquelle de ses cellules en cellule souche. Ainsi, en cas de danger dans son environnement, *Turritopsis nutricula* dépose plusieurs cellules de son corps sur un rocher... Si les conditions sont de nouveau favorables à sa survie, ces dernières se développent et donnent naissance à plusieurs méduses. Ce qui fait donc d'elle, en théorie, un être immortel !

Si je me tourne sur le côté, je deviens le tout. Si je suis coupé en deux, je ne suis plus rien.

Que suis-je ?

Solution : le nombre

41 :
c'est le nombre de rayures que doit compter une marinière, selon un décret officiel de la Marine datant de 1858. Plus précisément, l'habit doit posséder **20** rayures blanches larges de **2** cm et **20** ou **21** rayures larges de **1** cm ! Les manches, quant à elles, en compteront **14** ou **15** selon la taille de la marinière.

QUIZ

Dans quel océan se situe la mer de Corail ?

a. Océan Indien
b. Océan Pacifique
c. Océan Atlantique
d. Océan Austral

Solution : b. Océan Pacifique

Questions à la con du WC BOOK

Quand les chevaliers de la Table ronde se baignent, est-ce qu'ils lancent l'eau du lac ?

322 :

c'est le nombre
de kilomètres/heure
auquel un airbag se
projette lors
d'un choc.

JEUX

MOTS CROISÉS

HORIZONTALEMENT
1. Bénéfices
2. Activai
3. Ondes courtes – Commune française en région Bourgogne-Franche-Comté
4. Produits cosmétiques pour les yeux
5. Commune française dans la circonscription départementale de la Haute-Corse et le territoire de la collectivité de Corse – Actinium
6. Institut national de l'audiovisuel – Astate
7. Propres – Puissance éternelle émanant de l'Être suprême chez les gnostiques
8. Einsteinium – Signal de détresse

VERTICALEMENT
I. Substance aminée toxique
II. Américaines (argot)
III. Osmium – Statistique
IV. Débarrassé de ses rugosités – Strontium
V. Adjectif numéral
VI. Égoïstes
VII. Commune française en région Nouvelle-Aquitaine – Commune française en région Occitanie
VIII. Silicium – École Normale Supérieure

JEUX

	I	II	III	IV	V	VI	VII	VIII
1								
2								
3			■		■			■
4								
5					■			■
6				■			■	
7					■			
8			■					

Solution page 617

Le palmier est un arbre.

Faux.
Cela peut paraître surprenant :
le palmier est une plante ! Voilà pourquoi
il ne possède pas de branches, mais des palmes,
et pas de tronc, mais une tige (très épaisse,
on vous l'accorde).

Quel est le combble pour un prof de maths ?

Solution : Avoir la tête au carré !

Vrai ou faux ?

Il est fortement recommandé de manger trois repas par jour.

Vrai… et faux.
Tout dépend de votre métabolisme.
En effet, cette habitude occidentale de manger un petit-déjeuner, un déjeuner et un dîner n'est pas une vérité absolue, ni à travers l'Histoire, ni dans d'autres cultures. Aujourd'hui, nombreux sont les nutritionnistes à estimer que se sustenter trois fois par jour serait une bonne moyenne pour voir tous ses apports énergétiques couverts. Cependant, tout le monde ne possède pas le même métabolisme, et certains se sentent bien plus confortables au niveau digestif en pratiquant le jeûne intermittent (sauter le petit-déjeuner ou le dîner et répartir ses apports caloriques sur les autres repas). D'ailleurs, le fait de jeûner pendant 16 heures aurait d'autres bienfaits inattendus, comme celui de rééquilibrer le cycle de sommeil naturel du corps. Utile en cas de décalage horaire !

40 :
c'est le nombre
de fraises Tagada
qui sont mangées
chaque seconde
en France.

LABYRINTHE

DIFFICILE

JEU DES 7 DIFFÉRENCES

Solution page 618

64 % des gens aiment les mathématiques et les autres 49 % ne les aiment pas.

7 :

c'est le pourcentage de femmes artistes professionnelles en France… Elles ne représentent que **4** % des chefs d'orchestre et seulement **1** % des compositeurs !

JEUX

SUDOKU

MOYEN

			3					1
	4	7	1			5		
						6	4	
		9	5				1	
7			9		2			6
	3				4	7		
	5	3						
		1			5	3	7	
9					6			

Solution page 615

CARRÉ MAGIQUE

DIFFICILE

Obtenez la somme de **189** sur toutes les lignes horizontales et verticales !

20	28	36		45		12
3	11	19		35	43	51
42	50		10		26	34
25		41	49	8	16	
	23		32	40	48	7
47	6	14	22			39
		46	5	13	21	29

Solution page 605

Je n'ai pas fait
l'amour depuis
tellement longtemps
que j'ai l'impression
d'être en couple !

40 :
c'est l'équivalent
CO_2 en grammes produit
par la fabrication d'une
petite bouteille en verre
consignée. À titre
de comparaison, une
canette en produit
60 et une bouteille non
consignée... **120**.

Quel est le comble pour un cycliste ?

Solution : Perdre les pédales !

Questions à la con du WC BOOK

Si la femme a toujours raison et l'homme a toujours tort, quand l'homme dit à la femme : « tu as raison », a-t-il tort ou raison ?

Le quinoa est le meilleur des féculents.

Faux.
Les pâtes et le riz sont définitivement *has been*, remplacés au cœur de l'alimentation *healthy* par le boulghour, l'épeautre ou encore le quinoa. Il est vrai que cet aliment originaire d'Amérique du Sud possède un véritable intérêt nutritionnel. Mais pas plus que d'autres céréales : le quinoa possède moins de protéines que l'avoine (5 % contre 17 %) et moins de fer que les lentilles par exemple (1,6 mg contre 3,3 mg).

40 :
c’est le pourcentage
de mammifères étudiés
par la science qui ont
tendance à la violence
au sein même de leur
espèce. Parmi eux, les
chevaux, les marmottes…
et bien sûr les êtres
humains.

Ce matin, j'ai cumulé
deux conneries
à la suite…
Je me suis pesée
et j'ai contrôlé mon
solde bancaire.

Mieux vaut rater un baiser que l'inverse.

Charade

Mon **premier** peut être **À DOS**,

Mon **second** est **STUPIDE**,

Mon **troisième** est tout sauf **VRAI**,

Mon **quatrième** sert en **MER**,

Mon **tout** est **À VENT**.

Solution : Saxophone (Sac-Sot-Faux-Nœud)

0,000 000 000 000 000 008 :
c'est le poids en
grammes que prend
un smartphone de
32 Go lorsque
sa mémoire
est pleine.

JEUX

SUDOKU

DIFFICILE

3		2	8					
		7				2	8	
		4			2	3		6
	7		9					
1				7				5
					1		4	
8		3	1			5		
	4	6				1		
					8	6		4

Solution page 615

84 :

c'est le pourcentage
d'oiseaux choisissant
de tourner à droite
en cas de risque
de collision.

Charade

Mon premier **AFFIRME**,

Mon **second**

N'AFFIRME PAS,

Mon **troisième** **A FOI**,

Mon **quatrième** est

PURE EN GREC,

Mon **cinquième** **DÉSIRE**,

Mon **sixième** aime **TROMPER**,

Mon **tout** se **REMARQUE**.

Solution : Significativement (Si-Nie-Fie-Katie-Veut-Ment)

Gérard, un employé de la DDE va voir son chef :

– Chef, j'ai cassé ma pelle ! Comment je fais ?

– Tu n'as qu'à t'appuyer sur le camion.

Quel est le comble pour un dentiste ?

Solution : Claquer des dents !

Il vaut mieux ne pas courir du tout que trop courir.

Vrai.

Vous en êtes persuadé : pour perdre du poids et/ou progresser de manière optimale, il faut enfiler des baskets et s'élancer sur le bitume tous les jours. Sauf qu'une étude danoise vous donne tort : menée sur plus de 1 000 joggeurs pendant 12 ans, elle dévoile que l'espérance de vie de ceux qui pratiquent une activité intense est la même que... ceux qui ne font rien du tout. L'idéal serait de courir trois fois par semaine, durant 20 à 48 minutes. Au-delà, vous risquez de vous blesser et de développer des troubles cardiovasculaires. Mais que cela ne devienne pas une excuse pour rester allongé dans son canapé !

11 676 :
c'est le nombre
d'espèces d'arbres
recensées en Amazonie.
Les chercheurs estiment
qu'il pourrait y en avoir
au total environ **16 000**
et qu'ils auront fini de
toutes les découvrir...
en 2316.

QUI EST L'INTRUS ?

GOBI

SAHARA

ATACAMA

NAMIB

SONARA

KALAHARI

Solution : Gobi, situé en Asie centrale, est le seul désert froid.

La minute people

• Saviez-vous que **Thierry Ardisson** a travaillé dans le secteur de la publicité avant de devenir animateur et producteur ? Vous connaissez forcément un de ses slogans : *« Quand c'est trop, c'est Tropico ! »*

• Pas de doute, le compositeur **Ludwig van Beethoven** était hors norme, dans tous les sens du terme. Ce grand génie avait la particularité d'aimer travailler trempé de la tête aux pieds. Pour cela, il s'immergeait la tête dans une bassine d'eau froide avant de s'installer devant son piano. Pour nourrir son inspiration, il avait ensuite pour habitude peu ragoûtante de s'asperger régulièrement… d'eau croupie.

300 :

c'est le nombre minimum de petites alvéoles sur une balle de golf (jusqu'à **500**). Ces dernières sont savamment pensées pour ralentir la course de la balle et pour lui conférer une trajectoire la plus droite possible.

JEUX

SUDOKU

DIFFICILE

							7	4
	1	7	6					
	2	3		7	4	1		
		5	8					3
		2		4		7		
1					5	6		
		1	4	6		8	5	
					8	3	9	
8	3							

Solution page 615

L'origine du champignon nucléaire

Les images d'une explosion nucléaire avec cet énorme champignon de vapeur s'élevant dans les airs et visible à des kilomètres à la ronde ont de quoi impressionner (et faire trembler)… Cette forme étonnante est la conséquence du phénomène de Rayleigh-Taylor, que l'on peut aussi observer au-dessus des volcans en éruption et des incendies violents. Quand la bombe nucléaire explose, la quantité de gaz chaud augmente brutalement et provoque un tourbillon, qui monte vers le ciel en son centre et redescend vers le sol sur ses bords. Un anneau se forme peu à peu au sommet de la colonne de gaz brûlant. Lorsque cette dernière s'est élevée assez haut, elle rencontre une densité de l'air équivalente et se disperse en s'étalant, prenant la forme du chapeau d'un champignon.

Comment s'appelle le nouveau réseau social lancé par les Témoins de Jéhovah ?

TokTok

7 :

c'est le nombre d'années palier où le QI se stabilise. D'où l'importance cruciale de soigner le développement cognitif et relationnel des enfants dès leur plus jeune âge. Il faut savoir que notre vivacité d'esprit commence à décliner à l'âge de 25 ans, mais que notre intelligence brute restera la même jusqu'à 65 ans.

Vrai ou faux ?

Les souris sont capables d'empathie.

Vrai.
Une étude scientifique a prouvé que lorsqu'une souris souffre physiquement, elle dégage des phéromones qui sont perçues par ses congénères. Les souris atteintes semblent ressentir mentalement la même douleur ; un phénomène qui pourrait bien exister chez d'autres espèces vivantes, notamment les êtres humains.

Quel est le comble pour une orange ?

Solution : Être pressée comme un citron !

QUIZ

De quelle couleur est la langue des ours polaires ?

a. Bleue
b. Blanche
c. Jaune
d. Orange
e. Rouge pâle

Solution : a. Bleue, cela est dû à un important flux sanguin.

8,2 :

c'est le pourcentage d'hommes touchés par le baby blues, ce petit coup de dépression après l'arrivée d'un nouveau-né dans la famille. Les femmes seraient concernées à hauteur de **50** à **80 %** !

La minute people

- Le philosophe **Blaise Pascal** n'était pas visionnaire que par ses célèbres *Pensées*. En 1662, il a eu, pour la toute première fois en France, l'idée des transports en commun ! Cependant, il faudra attendre le XIXe siècle pour que les premiers omnibus, ancêtres équestres de nos bus, voient le jour à Paris.

- **Emmanuel Macron** n'est pas seulement président de la République, il est aussi prince d'Andorre. Mais cela n'a rien à voir avec les origines de sa famille : ce titre honorifique est attribué automatiquement à tous les chefs d'État français depuis 1278 !

SUDOKU

DIFFICILE

7		3					4	
				4				9
		9	7		5		2	
5					1			
	7	1				4	9	
			8					3
	8		2		7	3		
9				1				
	4					9		2

Solution page 615

– Quel âge as-tu ?
– Mais on ne demande pas son âge à une femme !
– Et combien tu pèses ?
– 30 ans…

LE CUBISME :

Au XXe siècle :
mouvement artistique
révolutionnant la peinture.

Au XXIe siècle : boire
du rosé à une soirée
barbecue/saucisses.

SOLUTIONS DES JEUX

Solutions des carrés magiques

p. 19

2	6	10
9	4	5
7	8	3

p. 109

1	14	4	15
12	7	9	6
13	2	16	3
8	11	5	10

p. 49

29	6	7	20	24	25
31	8	3	22	26	21
9	1	32	27	19	23
36	28	5	18	10	14
4	35	30	13	17	12
2	33	34	11	15	16

p. 139

23	4	10	16	17
7	13	19	25	6
21	22	3	9	15
5	11	12	18	24
14	20	26	2	8

p. 79

4	15	58	65	20	31	42	49
59	64	5	14	27	48	21	46
13	6	67	56	29	38	51	24
66	9	60	7	34	25	44	39
18	57	12	55	50	41	28	23
61	54	19	8	45	22	35	40
11	16	53	62	43	32	37	30
52	63	10	17	36	47	26	33

p. 169

44	52	11	19	20	28	36
29	37	45	53	12	13	21
14	22	30	38	46	54	6
48	7	15	23	31	39	47
40	41	49	8	16	24	32
25	33	34	42	50	9	17
10	18	26	27	35	43	51

Solutions des carrés magiques

p. 199

8	3	7
6	10	2
4	5	9

p. 291

7	8	3
9	4	5
2	6	10

p. 227

9	15	16	22	3
21	2	8	14	20
13	19	25	1	7
5	6	12	18	24
17	23	4	10	11

p. 319

6	37	11	24	28	29
8	39	7	26	30	25
13	5	36	31	23	27
40	32	9	22	14	18
35	12	34	17	21	16
33	10	38	15	19	20

p. 259

26	27	35	43	51	10	18
36	44	52	11	19	20	28
53	12	13	21	29	37	45
14	22	30	38	46	54	6
31	39	47	48	7	15	23
41	49	8	16	24	32	40
9	17	25	33	34	42	50

p. 349

4	59	14	65	36	27	46	33
18	13	56	55	34	45	40	23
57	6	67	12	25	38	51	28
15	16	53	58	31	32	37	42
63	64	5	10	47	48	21	26
9	54	19	60	41	22	35	44
66	61	8	7	50	29	24	39
52	11	62	17	20	43	30	49

Solutions des carrés magiques

p. 383

3	10	13	16
14	15	4	9
8	5	18	11
17	12	7	6

p. 507

8	3	4
1	5	9
6	7	2

p. 409

3	9	15	21	22
16	17	23	4	10
24	5	11	12	18
7	13	19	25	6
20	26	2	8	14

p. 530

5	11	17	23	24
22	28	4	10	16
9	15	21	27	8
26	7	13	14	20
18	19	25	6	12

p. 469

22	30	38	46	54	6	14
39	47	48	7	15	23	31
49	8	16	24	32	40	41
17	25	33	34	42	50	9
27	35	43	51	10	18	26
44	52	11	19	20	28	36
12	13	21	29	37	45	53

p. 569

20	28	36	44	45	4	12
3	11	19	27	35	43	51
42	50	9	10	18	26	34
25	33	41	49	8	16	17
15	23	24	32	40	48	7
47	6	14	22	30	31	39
37	38	46	5	13	21	29

Solutions des mots mêlés

Mots mêlés Danseurs connus p. 24

	D	U	P	O	N	D													
						B							C						
						A						H	T	R	A	J	E	B	
						B					A			N	I	K	M	I	S
						I			S	R	H								
	D	E	I	P	E	L	L	I	M	M		C		M					
G			D			E		A			I		S		A				
U			R			E	T			I		R		U		H			
I			A			Z				K			N		A		A		
L			L		T	I	T	E	P	S				O		B		R	
L			E							N					V		A		G
E			B		F				P	I	E	T	R	A	G	A	L	L	A
M					O			A		J							O		
					N		I			I							N		
					T	L				N							S		
					E		N	O	U	R	E	E	V				O		
					Y				S	I	R	G	E	L					
					N														

Mots mêlés Dictateurs p. 60

								A		I									
H								N	C		F								
I								O	E			A							
T		A						T	A			C	H				H		
L		M					E	E	U		I			D	K		A		
E	R	E					N	M	S	L				H	A		B		
R	E	D					I	S	E				A			K	R		
	Z	A					L	V	S			M			A		E		
	N	Y			S		A		C	I	E		M	R					
	A	E			O	P	T		U	N	F	R	A	N	C	O		G	
	B				M		S		E	I		B	R				A		
S				E	O			I		L	U		C			R			
S					Z					O			O		C		O		
U					A	I			M	S			S	I			R		
F							Z			S		B	A	T	I	S	T	A	
L								O		U							S		
L									B	M							A		
O							S	T	R	O	E	S	S	N	E	R	C		
D					S	O	L	U	O	P	O	D	A	P	A	P			

Solutions des mots mêlés

Mots mêlés Footballeurs de France p. 98

D	U	O	R	I	G										A				
				A											R				
					M		M							P	E				
						E		B							O				
P							Z		A						L	G			
	L							N		P					A	R	B		
		A							E		P				A			A	
		N	T	E	L	G	N	E	L	B		E		B		E			
		O		I									I		N				
		T			N						E	O		A					
	M	N				I				N	T		D						
	A	A							A			I		H					
	R	C				N		R			Z		E					D	
	U				A		A					R					E	S	
	H			M		V	H	K			N					M		I	
	T		O					E	A	A					B			R	
		C							N	N	A	M	Z	E	I	R	G	O	
								D		R	T		L					L	
							E				Y	E						L	
						Z		L	E	M	A	R			K	O	P	A	

Mots mêlés Grands savants p. 134

														P					
															A	G			
E			N	L	E	D	N	O	L	B				E	I	S			
I		P	O	U	I	L	L	E	T					N	R		C		
R			T										E			E		A	
U			W	T					B			O					P		L
C	D		E	L					O		K							M	
		E	N	U					R					B	I	O	T		A
			S	A			C	I	N	R	E	P	O	C			T	V	G
				C	L	E	E	N				M				E	O		R
G				U	A							E			S	L	D	A	A
A				O		R						N		L	T	O	A	R	Y
L				F			T	E		C		D	A	A	P		L	C	
I						O	I	E			E	E		P			T	H	
L					N	N			S			L	L				O	I	
E				R	S							E	S			G	N	M	
E			A	T							R	I		I		A		E	
		C	E									E			U	U		D	
		I										V				S		E	
	N				W	E	B	E	R							S			

Solutions des mots mêlés

Mots mêlés Pays du Moyen-Orient p. 172

																E			
	E	T	P	Y	G	E									I		E		
														R		T			
													Y		I				
												S		D	J				N
			B										U		O				A
	C			A					I			O			R				M
	N	H			H	I	R	A	K	R	A				D				O
	E		Y			R			E	S	A				A				
	M			P			E		E	N		N		T	N				
	E	I	U	Q	R	U	T	I			I				I				
	Y					E	B		N			T	R		E	E			
						A						A	S				W		
					R						T			E				O	
				A						A					L				K
									Q							A			
			L	I	B	A	N										P		

Mots mêlés Prénoms commançant par P p. 208

K						E													L
	C				E	N	U	R	P									A	
		I				E						P	A	T	R	I	C	I	A
			R			R										S			I
				T		Y									A				L
					A	P		P	A	U	L			P	A	C	O		L
						P	H												I
						I					E	C	I	R	T	A	P		C
					L														E
				I						E	P								R
			P						P	U	L	E							P
		P						O	R	O			N						
	E						L	A	P					N			O		
				L		E									Y		L		
				L	N	E	N	I	L	U	A	P					B		
				E			E	R	R	E	I	P					A		
			P	R												R	P		
				A			E	N	I	R	R	E	P		T				
				H										E					
				P									P						

Solutions des mots mêlés

Mots mêlés Psychiatres célèbres p. 246

				M															
				E				L											
				L			A								K				
			Y	M		C								R					
		R		A	A								A					B	
	U	F		N								E						L	
O		B	O								P		M					E	
		I		R	R					E				O				U	
		N			E				L					L	R			L	
		S			M	L		I					E			E		E	
		W			I		N		F	B	O	N	N	A	F	E	L	R	
		A			E				R	A	I								
		N			H			E	T	P	N								
N		G			Z		Y	E				O						G	
A		E			L	N	L						N		D			N	
N		R			A	L			B	A	R	U	K		R			I	
G				U	A										A			A	
A			D	B											T			L	
M	R	E	K	I	N	E	D								O				
								D	U	E	R	F			C				

Mots mêlés Synonymes de Joyeux p. 282

									E										
	C						E		P	C	T	N	A	I	R		E		
	H						R		A		O					R			
	A						T		N			N			A				
	R						A		O				T	L	H				
	M						L		U	R	A	D	I	E	U	X			J
	A					N	O	B	I			H	U		N			O	
	N			A			F					R				T	V		
	T				G						E					I			T
						R				U			T	N	A	Y	A	G	E
	A	L	L	E	G	R	E		X					L					R
								A					R						E
									B					E					L
						N				L					J				L
		E	U	Q	I	R	O	H	P	U	E	I	V	A	R	O		E	I
				D													U		U
			A			G										O		I	G
		B				A									J				
						I								N					
													E						

Solutions des mots mêlés

Mots mêlés Villes américaines p. 320

			N						A	U	R	O	R	A					
			O					A	U	S	T	I	N						E
		E	T	T	O	L	R	A	H	C								R	
J			S			N	O	T	G	N	I	H	S	A	W		O		
	A		O						T	I	O	R	T	E	D	M			
		C	B		P	H	I	L	A	D	E	L	P	H	I	E			
			K											T				N	
				S	A													A	
	E				O	T				S	E	A	T	T	L	E		S	
S	A	L	L	A	D	N	L				B							H	
			L				V	A										V	
				I		M		I	N	D	I	A	N	A	P	O	L	I	S
	N	M			V		I		L	T	C	H	I	C	A	G	O	L	
	M	O	E			S		A		L	A							L	
	E		T	M	D		I		M		E		O					E	
	S			S	P	E		U		I			M	A	P	M	A	T	
	A				U	H	N		O				A						
						O	I	V		L			H						
							H	S	E				A						
										R									

Mots mêlés Villes en Afrique p. 356

K											S	O	G	A	L				G
	H					A	L	A	P	M	A	K						R	
		A		A	C	N	A	L	B	A	S	A	C				U		
			R								L		L			O			
		B		T					L			E		G	B				
			L		O					U			X	S	E				
T		D		O		U					J		E	A		R			
E	A		U		E		M					N			N				
	R	B		R		M					N		A			D	D		
N		A	A		B		F			A		S		B		A	R	K	
	A		R	R		A		O	H		M	A		O	K			I	
		I	A	A			N	O	N	A			R	A	K			N	E
			R	D	H		J		R	T			R	C		A		S	
				O	N			A			E				C		M	H	
					B	A	B	A	N	G	U	I				A		A	
					L	I	U						N					S	B
				A				L		C	O	N	A	K	R	Y		A	
			U											T	U	N	I	S	
		O																	
	D						I	L	A	G	I	K							

Solutions des sudokus

Sudoku p. 13

4	2	5	9	7	1	6	3	8
7	8	6	4	5	3	9	2	1
3	1	9	6	8	2	7	5	4
6	9	7	5	1	8	2	4	3
5	4	1	3	2	6	8	7	9
8	3	2	7	9	4	5	1	6
2	6	3	8	4	7	1	9	5
9	7	4	1	6	5	3	8	2
1	5	8	2	3	9	4	6	7

Sudoku p. 82

2	8	9	5	4	6	7	1	3
6	1	5	3	7	8	2	4	9
3	4	7	2	9	1	6	5	8
1	6	2	4	8	5	9	3	7
7	9	4	1	6	3	5	8	2
8	5	3	9	2	7	4	6	1
9	3	8	7	5	4	1	2	6
5	7	1	6	3	2	8	9	4
4	2	6	8	1	9	3	7	5

Sudoku p. 36

4	2	8	1	9	7	5	3	6
7	1	9	5	6	3	2	4	8
6	3	5	2	8	4	1	9	7
9	5	1	6	3	8	7	2	4
8	7	6	4	2	1	9	5	3
2	4	3	7	5	9	6	8	1
3	6	7	9	4	2	8	1	5
1	8	2	3	7	5	4	6	9
5	9	4	8	1	6	3	7	2

Sudoku p. 105

6	7	3	4	1	9	2	5	8
8	9	5	7	3	2	4	6	1
2	1	4	6	8	5	3	7	9
1	5	6	8	9	3	7	4	2
4	2	7	1	5	6	8	9	3
3	8	9	2	7	4	5	1	6
5	3	1	9	4	8	6	2	7
7	6	8	5	2	1	9	3	4
9	4	2	3	6	7	1	8	5

Sudoku p. 59

6	8	7	4	9	3	1	5	2
9	2	3	8	1	5	4	6	7
1	4	5	6	2	7	8	9	3
5	1	6	9	3	8	7	2	4
2	3	4	5	7	1	6	8	9
7	9	8	2	4	6	5	3	1
8	7	9	1	5	2	3	4	6
3	5	2	7	6	4	9	1	8
4	6	1	3	8	9	2	7	5

Sudoku p. 128

6	7	5	8	9	1	2	3	4
1	3	2	4	5	6	9	7	8
4	8	9	7	2	3	1	5	6
2	9	3	1	6	5	8	4	7
5	1	4	2	7	8	6	9	3
7	6	8	9	3	4	5	1	2
8	4	6	5	1	7	3	2	9
9	5	7	3	8	2	4	6	1
3	2	1	6	4	9	7	8	5

Solutions des sudokus

Sudoku p. 151

3	4	6	5	7	2	9	1	8
2	9	5	1	8	3	4	7	6
7	1	8	6	9	4	5	3	2
5	8	9	4	1	7	2	6	3
1	3	4	8	2	6	7	9	5
6	2	7	9	3	5	1	8	4
9	5	1	3	4	8	6	2	7
8	6	2	7	5	1	3	4	9
4	7	3	2	6	9	8	5	1

Sudoku p. 174

9	4	5	1	3	6	8	7	2
1	7	6	2	9	8	3	5	4
2	3	8	5	4	7	1	6	9
3	8	9	7	1	5	4	2	6
7	1	2	6	8	4	9	3	5
5	6	4	9	2	3	7	8	1
8	5	3	4	6	1	2	9	7
6	2	1	3	7	9	5	4	8
4	9	7	8	5	2	6	1	3

Sudoku p. 197

1	6	3	7	8	9	4	2	5
5	2	4	1	3	6	7	8	9
7	8	9	2	4	5	3	6	1
8	3	5	4	1	7	6	9	2
6	4	1	3	9	2	5	7	8
9	7	2	5	6	8	1	3	4
2	9	7	6	5	1	8	4	3
3	1	8	9	7	4	2	5	6
4	5	6	8	2	3	9	1	7

Sudoku p. 220

1	3	4	9	6	8	2	5	7
7	9	2	4	3	5	1	6	8
5	8	6	1	2	7	9	4	3
6	7	1	2	4	9	3	8	5
8	5	9	3	7	1	6	2	4
2	4	3	5	8	6	7	1	9
4	1	5	6	9	3	8	7	2
3	2	7	8	1	4	5	9	6
9	6	8	7	5	2	4	3	1

Sudoku p. 243

5	2	1	4	3	9	7	6	8
7	4	8	2	6	1	3	9	5
6	9	3	5	8	7	1	2	4
3	5	9	1	7	6	8	4	2
4	8	6	9	2	3	5	1	7
1	7	2	8	5	4	9	3	6
8	6	7	3	9	2	4	5	1
2	3	4	7	1	5	6	8	9
9	1	5	6	4	8	2	7	3

Sudoku p. 266

8	7	9	1	2	3	4	5	6
1	2	3	4	5	6	7	8	9
6	4	5	7	8	9	1	3	2
2	3	8	5	6	4	9	7	1
5	9	1	2	3	7	8	6	4
4	6	7	8	9	1	3	2	5
3	8	6	9	4	2	5	1	7
7	5	4	6	1	8	2	9	3
9	1	2	3	7	5	6	4	8

Solutions des sudokus

Sudoku p. 289

6	4	7	2	5	9	1	8	3
1	3	8	7	6	4	2	9	5
5	9	2	1	8	3	4	7	6
3	6	5	8	2	1	9	4	7
4	8	9	3	7	6	5	2	1
7	2	1	9	4	5	6	3	8
9	5	6	4	3	7	8	1	2
2	7	4	5	1	8	3	6	9
8	1	3	6	9	2	7	5	4

Sudoku p. 358

9	7	2	4	1	5	8	3	6
8	4	1	3	9	6	7	2	5
5	6	3	2	8	7	1	9	4
7	1	4	6	2	8	9	5	3
2	5	8	1	3	9	4	6	7
6	3	9	7	5	4	2	1	8
1	8	7	9	6	3	5	4	2
4	9	6	5	7	2	3	8	1
3	2	5	8	4	1	6	7	9

Sudoku p. 312

4	5	8	2	9	6	7	3	1
6	7	3	8	5	1	9	4	2
2	1	9	3	7	4	5	6	8
3	9	4	1	2	8	6	5	7
8	2	7	6	3	5	4	1	9
5	6	1	7	4	9	2	8	3
7	4	5	9	8	3	1	2	6
1	8	2	4	6	7	3	9	5
9	3	6	5	1	2	8	7	4

Sudoku p. 381

3	7	5	4	8	2	1	9	6
4	1	8	7	9	6	5	2	3
9	2	6	5	1	3	7	8	4
8	5	3	9	4	1	6	7	2
2	6	7	8	3	5	4	1	9
1	9	4	2	6	7	8	3	5
5	8	9	1	2	4	3	6	7
6	4	2	3	7	8	9	5	1
7	3	1	6	5	9	2	4	8

Sudoku p. 335

3	5	6	4	8	7	9	1	2
7	8	4	9	1	2	5	3	6
2	9	1	3	5	6	4	7	8
4	1	3	8	2	9	6	5	7
5	2	7	6	3	1	8	9	4
9	6	8	5	7	4	1	2	3
6	3	9	2	4	5	7	8	1
8	7	5	1	6	3	2	4	9
1	4	2	7	9	8	3	6	5

Sudoku p. 404

3	9	1	4	5	2	6	7	8
2	8	4	3	6	7	1	5	9
5	6	7	8	9	1	2	3	4
4	1	2	6	8	3	5	9	7
7	3	6	5	1	9	4	8	2
8	5	9	2	7	4	3	6	1
6	4	8	9	2	5	7	1	3
9	7	3	1	4	6	8	2	5
1	2	5	7	3	8	9	4	6

Solutions des sudokus

Sudoku p. 427

3	4	1	8	9	5	7	2	6
6	2	8	7	4	3	9	5	1
9	5	7	6	2	1	8	3	4
8	1	2	5	7	4	6	9	3
4	7	9	3	6	2	5	1	8
5	3	6	9	1	8	2	4	7
2	6	4	1	5	7	3	8	9
1	9	3	2	8	6	4	7	5
7	8	5	4	3	9	1	6	2

Sudoku p. 496

8	7	5	2	3	1	4	6	9
3	9	1	4	5	6	8	2	7
4	6	2	9	7	8	1	3	5
6	5	3	1	4	7	2	9	8
9	2	4	6	8	5	3	7	1
7	1	8	3	2	9	6	5	4
5	4	7	8	6	3	9	1	2
1	8	6	5	9	2	7	4	3
2	3	9	7	1	4	5	8	6

Sudoku p. 450

3	5	7	9	6	8	4	1	2
1	2	9	4	3	5	8	6	7
8	6	4	1	2	7	3	5	9
2	7	5	6	4	9	1	3	8
4	9	1	3	8	2	6	7	5
6	3	8	7	5	1	9	2	4
9	1	2	8	7	3	5	4	6
7	4	3	5	9	6	2	8	1
5	8	6	2	1	4	7	9	3

Sudoku p. 519

5	8	4	1	9	7	6	2	3
9	6	1	3	8	2	4	7	5
3	2	7	6	5	4	8	1	9
7	5	6	9	1	3	2	4	8
2	9	8	5	4	6	1	3	7
1	4	3	7	2	8	9	5	6
6	7	2	4	3	9	5	8	1
4	3	5	8	6	1	7	9	2
8	1	9	2	7	5	3	6	4

Sudoku p. 473

8	3	2	7	4	6	9	5	1
6	7	5	1	9	2	4	3	8
1	9	4	8	5	3	7	2	6
2	1	3	9	8	5	6	4	7
7	8	9	2	6	4	5	1	3
5	4	6	3	7	1	2	8	9
3	6	8	5	2	9	1	7	4
9	2	7	4	1	8	3	6	5
4	5	1	6	3	7	8	9	2

Sudoku p. 545

6	9	8	3	1	5	2	7	4
3	5	2	7	9	4	1	6	8
7	1	4	6	8	2	5	9	3
2	8	5	4	3	7	6	1	9
1	6	3	9	5	8	7	4	2
4	7	9	2	6	1	3	8	5
8	4	7	1	2	3	9	5	6
9	3	1	5	4	6	8	2	7
5	2	6	8	7	9	4	3	1

Solutions des sudokus

Sudoku p. 568

5	9	6	3	4	7	2	8	1
2	4	7	1	6	8	5	9	3
3	1	8	2	5	9	6	4	7
4	6	9	5	7	3	8	1	2
7	8	5	9	1	2	4	3	6
1	3	2	6	8	4	7	5	9
8	5	3	7	2	1	9	6	4
6	2	1	4	9	5	3	7	8
9	7	4	8	3	6	1	2	5

Sudoku p. 580

3	5	2	8	6	9	4	1	7
6	1	7	4	3	5	2	8	9
9	8	4	7	1	2	3	5	6
4	7	5	9	2	3	8	6	1
1	3	8	6	7	4	9	2	5
2	6	9	5	8	1	7	4	3
8	9	3	1	4	6	5	7	2
5	4	6	2	9	7	1	3	8
7	2	1	3	5	8	6	9	4

Sudoku p. 590

6	5	8	3	9	1	2	7	4
4	1	7	6	8	2	5	3	9
9	2	3	5	7	4	1	6	8
7	4	5	8	2	6	9	1	3
3	6	2	1	4	9	7	8	5
1	8	9	7	3	5	6	4	2
2	9	1	4	6	3	8	5	7
5	7	4	2	1	8	3	9	6
8	3	6	9	5	7	4	2	1

Sudoku p. 599

7	2	3	6	8	9	5	4	1
6	5	8	1	4	2	7	3	9
4	1	9	7	3	5	6	2	8
5	3	4	9	7	1	2	8	6
8	7	1	3	2	6	4	9	5
2	9	6	8	5	4	1	7	3
1	8	5	2	9	7	3	6	4
9	6	2	4	1	3	8	5	7
3	4	7	5	6	8	9	1	2

Solutions des mots croisés

Mots croisés p. 16

	I	II	III	IV	V	VI	VII	VIII
1	C	H	E	R	C	H	E	E
2	R	I	R	A	I	E	N	T
3	A	B	R	I	S	■	C	E
4	B	E	A	S	■	M	O	N
5	I	R	■	I	S	A	R	D
6	E	N	■	N	I	M	■	I
7	R	A	D	E	R	E	N	T
8	E	S	S	E	S	■	D	■

Mots croisés p. 70

	I	II	III	IV	V	VI	VII	VIII
1	P	E	N	S	I	V	E	S
2	H	U	A	R	D	S	■	P
3	A	M	Y	■	■	■	L	I
4	C	E	S	A	R	I	E	N
5	E	N	■	K	E	F	T	A
6	L	E	S	A	■	■	T	L
7	I	■	O	N	A	G	R	E
8	E	R	N	S	T	■	A	S

Mots croisés p. 130

	I	II	III	IV	V	VI	VII	VIII
1	P	A	C	A	G	E	A	I
2	U	R	E	T	E	R	A	L
3	B	I	P	■	N	E	S	■
4	L	E	E	R	S	■	T	A
5	I	N	■	A	A	S	■	N
6	E	S	P	A	C	E	R	A
7	E	■	R	G	■	G	A	I
8	S	I	E	S	T	A	I	S

Mots croisés p. 180

	I	II	III	IV	V	VI	VII	VIII
1	L	I	A	I	S	O	N	S
2	U	L	T	R	A	S	O	N
3	N	O	■	A	B	■	U	■
4	E	T	A	■	L	A	I	S
5	T	I	N	V	I	L	L	E
6	T	E	E	■	E	■	L	R
7	E	R	E	■	R	U	E	E
8	S	E	S	■	E	N	S	■

Mots croisés p. 234

	I	II	III	IV	V	VI	VII	VIII
1	B	U	C	A	R	E	S	T
2	U	S	I	N	E	R	A	I
3	A	A	S	■	U	■	U	N
4	N	I	■	I	B	E	R	E
5	D	E	M	B	E	N	I	■
6	I	N	D	O	U	S	■	B
7	E	T	■	G	■	■	S	U
8	R	■	I	A	M	B	E	S

Solutions des mots croisés

Mots croisés p. 300

	I	II	III	IV	V	VI	VII	VIII
1	Q	U	A	T	O	R	Z	E
2	A	S	S	E	N	A	N	T
3	D	A	■	F	■	C	■	E
4	D	B	■	I	Z	I	E	U
5	I	L	■	L	■	N	■	F
6	C	E	L	L	I	E	R	S
7	H	S	■	I	D	S	■	■
8	S	■	S	N	A	■	H	A

Mots croisés p. 368

	I	II	III	IV	V	VI	VII	VIII
1	H	I	A	S	S	E	N	T
2	U	R	I	N	E	R	A	I
3	M	O	L	■	R	■	R	N
4	I	N	■	E	V	A	D	A
5	L	E	D	■	A	L	■	■
6	I	■	E	A	G	L	E	S
7	E	L	O	D	E	E	S	■
8	R	A	S	E	S	■	T	L

Mots croisés p. 406

	I	II	III	IV	V	VI	VII	VIII
1	A	N	N	U	L	E	E	S
2	Z	E	B	R	A	S	S	E
3	E	U	■	O	U	T	■	I
4	R	B	■	S	W	A	P	S
5	O	O	■	T	■	C	O	M
6	L	U	E	■	S	A	L	A
7	E	R	R	A	■	D	O	L
8	S	G	■	I	Z	E	■	E

Mots croisés p. 422

	I	II	III	IV	V	VI	VII	VIII
1	O	T	A	L	G	I	E	S
2	P	A	T	I	E	N	T	A
3	T	L	■	M	■	D	E	R
4	I	L	E	A	L	E	S	■
5	Q	I	N	S	■	X	■	T
6	U	T	■	S	T	A	D	E
7	E	H	■	E	■	G	E	L
8	S	■	A	S	C	E	S	E

Mots croisés p. 558

	I	II	III	IV	V	VI	VII	VIII
1	P	R	O	D	U	I	T	S
2	T	I	S	O	N	N	A	I
3	O	C	■	U	■	G	Y	■
4	M	A	S	C	A	R	A	S
5	A	I	T	I	■	A	C	■
6	I	N	A	■	A	T	■	E
7	N	E	T	S	■	E	O	N
8	E	S	■	R	X	S	O	S

Solution
du jeu des 7 différences

p. 565

Allez vite sur la page FACEBOOK du WC-BOOK !

Rejoignez la communauté sur votre smartphone et partagez des moments de délires inédits avec d'autres WC Bookers.

Des jeux, des quiz, des blagues, des astuces, des anecdotes, des chiffres, des questions à la con, des peopleries et tant d'autres rubriques à partager avec vos amis sur **Facebook !**

Défiez-les sans tarder, les fous rires sont assurés !

Assis aux toilettes,
restez connecté avec
le monde extérieur !

Mon bloc-notes perso

Mon bloc-notes perso

Mon bloc-notes perso

Mon bloc-notes perso

Mon bloc-notes perso

Mon bloc-notes perso

Mon bloc-notes perso